倪匡奇情作品集

木蘭花傳奇 3

內鬼

（含：地獄門、超人集團）

倪匡 著

目錄

地獄門

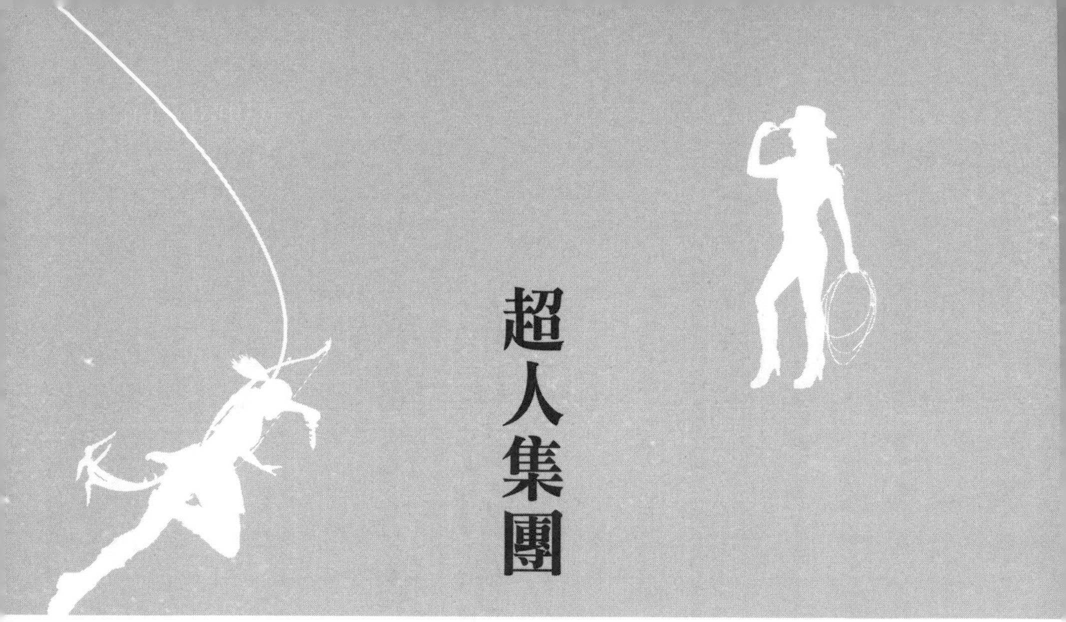

超人集團

木蘭花傳奇

【總序】

木蘭花VS.衛斯理——倪匡奇幻系列的兩大巔峰

秦懷玉

對所有的倪匡小說迷來說，《衛斯理傳奇》無疑是他最成功、也最膾炙人口的作品了，然而，卻鮮有讀者知道，早在《衛斯理傳奇》之前，倪匡就已經創造了一個以女性為主角的系列奇情故事，甫出版即造成大轟動，《木蘭花傳奇》遂成為倪匡眾多著作中最具特色與最受讀者喜愛的兩大系列之一；只因衛斯理的魅力太過強大，使得《木蘭花傳奇》的光芒被掩蓋，長此以往被讀者忽視的情形下，漸漸成了遺珠。

有鑑於此，時值倪匡仙逝週年之際，本社特別重新揭刊此一系列，希望藉由新的編排與介紹，使喜愛倪匡的讀者也能好好認識她。

《木蘭花傳奇》是倪匡以筆名「魏力」所寫的動作小說系列。原載於香港新報及《武俠世界》雜誌，內容主要是以黑女俠木蘭花、堂妹穆秀珍及花花公子高翔三人所組成的「東方三俠」為主體，專門對抗惡人及神秘組織，他們先後打敗了號稱「世界上最危險的犯罪集團」的黑龍黨、超人集團、紅衫俱樂部、赤魔團、暗殺黨、黑手黨、血影掌，及暹羅鬥魚貝泰主持的犯罪組織等等，更曾和各國特務周旋、鬥法。

如果說衛斯理是世界上遇過最多奇事的人，那麼打擊犯罪集團次數最高的，即非東方三俠莫屬了。書中主角木蘭花是個兼具美貌與頭腦的現代奇女子，在柔道和空手道上有著極高的造詣，正義感十足，她的生活多采多姿，充滿了各類型的挑戰；她的最佳搭檔：堂妹穆秀珍，則是潛泳高手，亦好打抱不平，兩人一搭一唱，配合無間，一同冒險犯難；再加上英俊瀟灑，堪稱是神隊友的高翔，三人出生入死，破獲無數連各國警界都頭痛不已的大案。

若是以衛斯理打敗黑手黨及胡克黨就得到國際刑警的特殊證明文件的標準來看，木蘭花在國際刑警的地位，其實應該更高。

相較於《衛斯理傳奇》，《木蘭花傳奇》是入世的，在滾滾紅塵中演出令人目眩神搖的傳奇事蹟。衛斯理的日常儼然是跟外星人打交道，遊走於地球和外太空之間，事蹟總是跟外星人脫不了干係；木蘭花則是繞著全世界的黑幫罪犯跑，哪裡有犯罪者，哪裡就有她的身影！可說是地球上所有犯罪者的剋星！

而《木蘭花傳奇》中所啟用的各種道具，例如死光錶、隱形人等等，一如倪匡慣有的風格，皆是最先進的高科技產物，令讀者看得目不暇給，更不得不佩服倪匡驚人的想像力。

尤其，木蘭花等人的足跡遍及天下，包括南美利馬高原、喜馬拉雅山冰川、北極、海底古城、獵頭族居住的原始森林、神秘的達華拉宮及偏遠隱密的蠻荒地區等，讀者彷彿也隨著木蘭花去各處探險一般，緊張又刺激。

《衛斯理傳奇》與《木蘭花傳奇》兩系列由於歷年來深受讀者喜愛，書中主要角色逐漸由個人發展為「家族」型態，分枝關係的人物圖越顯豐富，好比《衛斯理傳奇》中的白素、溫寶裕、白老大、胡說等人，或是《木蘭花傳奇》中的「天使俠女」安妮和雲四風、雲五風等。倪匡曾經說過他塑造的十個最喜歡的小說人物，有三個在木蘭花系列中。白素和木蘭花更成為倪匡筆下最經典傳奇的兩位女主角。

在當年放眼皆是以男性為主流的奇情冒險故事中，倪匡的《木蘭花傳奇》可謂是開創了另一番令人耳目一新的寫作風貌，打破過去女性只能擔任花瓶角色的傳統窠臼，以及美女永遠是「波大無腦」的刻板印象，完美塑造了一個女版〇〇七的形象。猶如時下好萊塢電影「神力女超人」、「黑寡婦」等漫威女英雄般，女性不再是荏弱無助的男人附庸，反而更能以其細膩的觀察力及敏銳的第六感，來解決各種棘手的難題，也再一次印證了倪匡與眾不同的眼光與新潮先進的思想，實非常人所能及。

《女黑俠木蘭花傳奇》共有六十個精彩的冒險故事，也是倪匡作品中數量第二多的系列。每本內容皆是獨立的單元，但又前後互有呼應，為了讓讀者能更方便快速地欣賞，新策畫的《木蘭花傳奇》每本皆包含兩個故事，共三十本刊完。讀者必定能從書中感受到東方三俠的聰明機智與出神入化的神奇經歷，從而膾炙人口，成為讀者心目中華人世界無人能敵的女俠英雌。

地獄門

1 靈異事件

名義上由警方管理的公共殮房，是一個十分陰森的地方。殮房本來就不可能不陰森，但這個殮房，卻更在其他的殮房之上。

那是因為，被送到這裡來的死人，大都是死於非命的原故。

他們不是跳樓跌死，便是上吊服毒，再不然便是在海上、路邊發現的無主屍體，或是在車禍中被撞到肢體破殘的冤魂。

但這所殮房的設備卻很新，如果不是那股特有的陰森詭秘之氣的話，乍一看來，倒有一點像文件室，因為四面全是一個一個鋼製的長抽屜，裡面是放死人的，屍體需要冷藏，所以坐在殮房中心的殮房看守人福伯，不論冬夏，都穿著一件棉衣。

福伯是自從公家殮房成立以來，便在這裡工作的，當他剛開始就任這份職位的時候，他每日接觸那麼多奇形怪狀的死人，忍不住心驚肉跳，可是時間一久，他反倒覺得死人遠不如活人可怕了。

11 內鬼

因為死人不論他的死相如何可怕，是絕不會再來傷害你的，哪像活人，一面對你笑臉相迎，一面卻在背後戳上一刀！

福伯的工作很清閒，有時一整天也未必有事情，他愛坐在那張舊沙發上打瞌睡。這時，放在寫字檯上的時鐘指出，已是午夜一點鐘了，福伯的頭一高一低，他正在打瞌睡。

可是，突然間，他被一種奇異的聲音驚醒了。

那聲音十分奇特，像是有一個人在竭力忍著咳嗽，所以喉間發出了咯咯聲。

福伯不禁毛髮直豎，他睡意全消，坐了起來。

他在這裡工作幾年了，一直沒有事情發生，他也習慣了在這裡打瞌睡，可是剛才他分明聽到有一種怪聲。

這裡只有他一個人是活人，死人照理是不會發出聲音來的啊！

福伯坐直了身子，又仔細傾聽著，殮房中冷而靜，可以說一點聲音也沒有。

福伯又躺了下去，可是他才一躺下，那種怪聲突然又響了起來。

這一次，福伯聽得十分清楚，他連忙轉頭看去，除了一排一排的長抽屜之外，並沒有什麼，而那種聲音還在繼續傳出來。

福伯甚至可以肯定，那種聲音是在三十七號停屍箱中發出來的。

他也記得，三十七號停屍箱中所放的那一個，是晚上才送來的，死相不十分難看，好像是一個人睡著了一樣，他年紀十分輕，福伯當時還說了幾句可惜之類的話。

當時，福伯是在可惜著那人年紀輕輕便成了公共殮房中的住客。

然而如今，當三十七號停屍箱中，不斷地發出那種怪聲之際，他的手微微發顫，還想講幾句話，卻是一個字也講不出來。

那種怪聲，時斷時續，福伯的雙眼突得老大，終於鼓足了勇氣，斷斷續續道：「老……老友記……你可是……有什麼冤曲麼？冤……有頭，債……有主，我……福伯……可沒……有對不起你的……地方！」

福伯的雙眼一直瞪著那三十七號停屍箱，唯恐忽然有一個殭屍跳了出來。他的注意力集中在前面，卻沒有注意到身後的門，正被人輕輕地推了開來。殮房中全是死人，沒有什麼可偷的，膽子小的人，根本連行近一步都不敢，所以福伯不論日夜，都是不將門鎖上的。

這時，門一吋一吋地推了開來，一點聲息也沒有，不一會，便被推開了少許，有一個頭伸了進來。

如果福伯不是正面對著停屍箱，而是面向著門口的話。那麼他一定要嚇昏過

13 內鬼

去了！

伸進來的是一個青面獠牙的鬼臉。

那頭伸進來之後，身子接著也輕輕地走了進來。

那頭雖然青面獠牙，但是身上所穿的，卻是一套質地相當名貴的西裝。

而他臉上戴著一個青面獠牙的面具，識穿了自然不值一笑，在未知底細之前，卻也不難將人嚇死！

福伯這時正望著停屍箱，不知道有人向他一步一步地接近，他在講完了話之後，正緊張地等待著三十七號停屍箱中再有異聲發出。

可是這時，那三十七號停屍箱中的怪聲卻已經停止了。

福伯搖了搖頭，心中在想：難道是我聽錯了，耳花了？看來我也該退休了。

他一面想，一面待要站起身來，走向前去，去察看究竟。

可是，他的身子才直了一直，那個早已來到他身後的戴著面具的人，卻已揚起了右掌，向福伯的頸際直劈了下來。

「啪」地一聲響，那人的掌緣砍在福伯的頭頸上，福伯雙眼突出，臉上現出了恐怖痛苦之極的神情來，頭側過一邊，頸骨斷折，慘死在他的工作崗位上了。

那個戴著面具的人，發出了一下陰森的冷笑。

在如此陰慘的環境中聽來，他那一下冷笑聲，簡直像是催命無常的厲嘯聲一樣……

白天，秋高氣爽，陽光普照。

在警方辦公大樓的頂層，秘密工作組主任高翔的辦公室中，百葉簾將陽光隔在室外，但是房間中仍然是十分明亮。

高翔坐在轉椅上，正在聽電話。

「我看，」他面上現出了十分不耐煩的神色來：「你還是派一個人，或者你自己上來向我詳細地敘述這件事情的經過，你在電話中所說的，我也不十分明白，如果有人死了，那正是你們謀殺科的事情！」

「是，可是這件事，十分邪門。」

在電話那頭講話的，是謀殺調查科的楊科長，他是一個老練的幹探，但這時，他的語音之中卻是充滿了迷惑。

「你上來吧，我雖然專管疑難雜案，可是你剛才說，事情似乎和鬼魂、殭屍有關，那我不是張天師，也沒有辦法的。」

他「啪」地放下了電話，口中仍在自言自語：「荒唐，荒唐，一個現代的警務人員，怎可有這種荒唐的腦筋？」

他站起身子來，面上現出不屑的神情，向下望去。

大樓門口的廣場上，停著十來輛警車，只要一有警報，這些警車可以在十五分鐘內，到達全市最遠的角落。這些警車，他都有權指揮，高翔想到這一點，不禁有躊躇滿志之感。

他轉過身來，卻又一眼看到了壓在辦公桌玻璃下的一張相片。

相片是在郊外的風景區拍攝的，相片中有三個人。他，木蘭花和穆秀珍。穆秀珍正在做著鬼臉，木蘭花則在微笑著，鎮定，安詳，而她的雙眼之中，則充滿了機智和勇敢的神情。

高翔每天總要對上這張相片怔怔地望上好一會，但是他有勇氣在槍林彈雨中出死入生，卻沒有勇氣拿起電話來約木蘭花去郊遊。

自從市長夫人受了黑龍黨的脅迫，誣告木蘭花，他誤捕了木蘭花之後，木蘭花和他雖然曾經見過幾次，但是態度卻十分冷淡，令得他滿腹心事無法向木蘭花吐露。

高翔正在望著相片發呆，門上便已傳來了急促的敲門聲。

「進來！」高翔直起了身子。

門應聲而開，進來的正是謀殺調查科的楊科長，他手中還捧著一疊資料。

高翔在警方的地位十分特殊，他是方局長最信任的人，所以所有人對他都十分尊敬，但這時，楊科長顯然因為心緒不寧，而顧不得禮貌了，他不待高翔出聲就坐了下來。

「好，你敘述事情，但儘量簡單！」高翔隨便地在桌上坐下，他又望了那張相片一下，心中暗嘆了一口氣。

「今日凌晨，公共殮房的看守員吳福，被人謀殺了！」楊科長緊張地說。

「一件普通的謀殺案。」高翔揚了揚眉，表示有些不耐煩。

「不，」楊科長分辯：「事情沒有那麼簡單，在吳福的屍體之旁，另外還有一具屍體。」

「噢，那是誰呢？」

「來歷不明，我們到如今為止，還沒有獲得這另一個死人的資料，那個死人衣著十分名貴，可是臉上卻戴著一個鬼面具！」

「唔！」高翔有些開始感到興趣了。

「吳福是頸部受了重擊，頸骨斷折而死的，那人則是胸部中刀！」

「會不會是吳福的什麼仇人來尋仇，相互格鬥而死的呢？」

「不像是，最奇怪的是……是……」楊科長講到這裡，連呼吸也不禁急促了起來。

「最奇怪的是什麼？」高翔俯了俯身子。

「有兩具停屍箱被打開，在三十七號停屍箱中的一具屍體不見了。」

「唔？」高翔蹙起了雙眉，他也想到事情十分不尋常了。

「還有，十四號停屍箱中的那具屍體，口部被利刃割開，經過檢查，發現他的兩顆門牙被人拔去了！」

「什麼？」高翔幾乎不相信會有這樣的怪事，他大聲地問。

「兩顆門牙，十四號停屍箱中的屍體的兩顆門牙被人拔走了，三十七號停屍箱中的屍體不見了。這兩具屍體，前一具是上午送進殮房的，死者是被車撞死的；後者是晚上進殮房的，倒斃街頭，死因不明，兩人的身分來歷卻無可稽查。」

「那個……倒斃在吳福身旁的，是不是三十七號停屍箱中的屍體？」

「不是，記錄中的特徵，完全不同，殮房收到屍體時，全都照過相，高主任請看。」楊科長一面說，一面遞過三張放大了的相片來。

第一張是一個滿面于思的中年人，是十四號停屍箱中，被人拔了牙齒的那個。

第二張是一個瘦削的年輕人，看他的死相，十分安詳，那是三十七號停屍箱中的「住客」，也就是失蹤了的那個。

第三張則是一個微見發胖的中年人，他的面上，充滿了驚訝可怖的神情，那是他死前最後一個表情，顯然在他臨死之前，正遇到了一件奇怪，可怖得不可思議的怪事！

在相片的一角，則是那個鬼面具的特寫。

高翔看了一會，揚起了第三張相片來，道：「你可有和竊盜犯罪調查科聯絡過，這個人我認識，他是個慣竊，外號叫作『鬼臉』，所有的人都知他姓杜，叫他作杜鬼臉。」

「高主任真了不起。」楊科長奉承了高翔一句。「但是，杜鬼臉是慣竊，他到殮房中去做什麼呢？他是在殮房中被殺的，他的鮮血全流在殮房的地上。」

「這，我如今在辦公室中，也說不上來。」

「那三十七號的屍體怎麼會不見，十四號的屍體又怎會被人拔去兩顆門牙？唉，高主任，我看這件事非你出動不可，不然只怕永遠要成為我們謀殺調查科檔案中的懸案了。」

「唔——」高翔沉思著，這種疑難雜案，他本來是極有興趣的，而且，他更想到自己可以有藉口和木蘭花通電話了，木蘭花可是對於一切不可解釋的事情最

19 **內鬼**

有興趣的人！

他終於點了點頭，道：「好，我們不妨分頭進行，每日交換一次意見。」

「好！好！」楊科長見高翔已經答應，滿懷高興，站了起來：「我立即去和竊犯調查科聯絡，索取杜鬼臉的資料。」

高翔也站了起來，送走了楊科長之後，他取起了電話，又放了下去，放下之後，又取了起來，猶豫了三四次，終於撥了木蘭花的電話。

「鈴——鈴——鈴——」

電話響著，但是卻沒有人來聽，高翔幾乎又要將電話放下。

但就在這時，「卡」地一聲，那面的電話有人接聽了，傳來的是穆秀珍清脆的聲音：「喂，哪一位？」

「嗯——」高翔清了清喉嚨：「秀珍，蘭花在家麼？」

「噢——」穆秀珍拖長了聲音，道：「原來是高大主任，蘭花姐在倒是在，但是她吩咐過了，你的電話，她不聽！」

「喂，不要掛上電話，我有一件十分有趣的事情，要告訴她。」高翔急急地說。

「有趣的事情麼，你可以告訴我啊！」穆秀珍的回答，令得高翔啼笑皆非。

這時，在木蘭花家中，木蘭花正在看著早報。

她們的起居室中，陽光明媚，穆秀珍向木蘭花作了一個鬼臉。

木蘭花微微一笑。

「唉，秀珍，」高翔抹了抹汗：「你請她來聽一聽電話，那件事情，當真十分怪，怪得除了她一人之外，誰都解不開這個謎。」

「哼，你看不起我？」

「不是，你請她來聽好不好？」

穆秀珍按住了電話，道：「蘭花姐，他非要你聽不可，看來不聽是不行的了。」

木蘭花想了一想，站起身來，在穆秀珍的手中接過了電話，淡淡地道：「早！」

高翔聽了木蘭花的聲音，心情頓時一鬆，道：「早，好久不見，也好久未曾通電話了！」

「有趣的事就是這個麼？」

「當然不，今日凌晨，在公共殮房中，發生了一件十分奇怪的怪事……」

高翔將在公共殮房中所發生的事，詳細地講了一遍，從木蘭花臉上的神情看來，可以看得出她正在留心地傾聽。

21 內鬼

「你對這些怪事，有什麼意見？」高翔講完後問。

「那麼，」木蘭花的語音仍是十分冷淡：「我的意見是，那三十七號停屍格中的死者，可能是一個牙醫，他死而復生，一時技癢，就替十四號停屍格中的屍體拔去了兩顆門牙，又殺死了杜鬼臉。」

「蘭花，你——」高翔不禁啼笑皆非。

「我的意見就是這些了，你還有什麼話要說麼？」木蘭花簡直是在逼著高翔收線了。

「唉！」高翔嘆了一口氣：「話是還有許多，但……慢慢再說吧。」

木蘭花放下了電話，穆秀珍已迫不及待地問：「怎麼？杜鬼臉死了麼？他昨天晚上還來過這裡找你的啊，他是怎麼會死的？」

木蘭花在起居室中來回踱步，好一會才道：「他死在公共殮房中，被人當胸刺了一刀。他是空手道高手，生平傷了不少人，死在刀下，倒也不必為他可惜，問題就在於，他死前數小時到這裡來找我，究竟是為了什麼事情呢？」

「是啊，昨晚你湊巧又不在，他神色焦急，足足等了你幾小時，我問他有什麼事，不妨對我說，他又一句也不肯說出來。」

「他當時的神態怎麼樣？」木蘭花在電話中對高翔雖然冷淡，但是高翔對她所說的事情，卻深深引起了她的興趣。

尤其，據高翔說，杜鬼臉是在凌晨一時左右被刺死的，而杜鬼臉在晚上十時左右曾到她家來找她，一直等到了十一時多才離去。

木蘭花當時不在家，要不然，她對於在殮房中所發生的事，或者不致於一頭霧水，一無所知了。

「他當時神情焦急，似乎心中有什麼急事。」穆秀珍回憶昨晚的情形：「開始時，他雙手扭著，不斷地在踱來踱去，後來的半個小時，他坐在這沙發上，身子不時地扭動著——因為他是出名的慣竊，有神偷之稱，所以我唯恐他來偷什麼東西，對他的行動十分注意……」

穆秀珍講到這裡，陡地停了下來，因為她看到木蘭花注視著那張杜鬼臉昨晚所坐過的沙發，像是感到莫大的興趣。

2 生死未卜

「蘭花姐，你在幹什麼？」穆秀珍忍不住大聲問。

「我敢說，昨天晚上，杜鬼臉坐在這張沙發上，扭動身子之際，一定在這張沙發上做了手腳。」

「做了手腳？」穆秀珍跳了起來：「他想害我們？」

「我想不是，他是在沙發上留下了什麼東西，他或許自己知道將要遭到極大的危險，不能再來見我了，所以便將要告訴我的事留了下來，秀珍，你翻開沙發墊子來看看。」

不等木蘭花吩咐，穆秀珍早已奔了過去，將沙發墊子翻了過來。果然在墊子的背後，被劃開了一道五吋長短的口子，顯然有東西塞在裡面，穆秀珍伸手進去，取出了一個拳頭大小的紙包來。

「蘭花姐，你料事如神，當真有東西在。」

「拆開來看看，別將外面的紙撕破了！」

如果不是木蘭花特別提醒的話，心急的穆秀珍，一定將外面的紙三把兩把撕成粉碎，這時，她總算耐著性子，將外面的紙包解了開來，裡面乃是一個十分精緻的絲絨盒子。

那種紫紅色的絲絨盒子，一望而知是用來放名貴的珍寶的。

「啊呀，不好，」穆秀珍叫了起來：「杜鬼臉偷到了什麼珍寶，竟藏到我們這裡來了。」

「我說盒中未必是珍寶，他若是偷到珍寶，藏到我們這裡，又到公共殮房去做什麼？」

「你說得對。」穆秀珍打開了盒子，向之一看，面上不禁充滿了疑惑的神色。

這時候，木蘭花是看不到盒子中有些什麼的，她只看到穆秀珍臉上迷惑的神色，連忙問：「盒子中的是什麼？」

穆秀珍將盒子轉了過來，道：「你看，一把鉗子，像是外科醫生用的東西。」

盒子中果然是一把不鏽鋼的鉗子，鉗口成圓形，樣子很小巧。

「那不是外科醫生用的，是牙醫用的鉗子。」木蘭花糾正著穆秀珍的話，同時，她也陷入了沉思之中。

杜鬼臉留下了一柄牙醫用的鉗子，他死在公共殮房中，公共殮房中有一具屍體，被拔走了兩顆門牙，殮房的看守人頸骨斷折而死，一具屍體又神秘失蹤……這一連串凌亂、神秘、恐怖，不可思議的事之間，有著什麼聯繫呢？

木蘭花站了起來，向花園走去，站在一簇玫瑰花旁邊發呆。

穆秀珍是知道木蘭花的脾氣的，在這種情形之下，儘管心中充滿了問題，她也不會去發問的，因為她知道問了也是白問，木蘭花是絕不會回答她的！

木蘭花在那簇玫瑰花前站了幾分鐘，她已將這幾件絕無關連的事，根據事實，將其中幾件聯了起來。

她知道杜鬼臉是空手道的高手，而殮房看守人吳福，則是頸骨斷折而死的，所以她可以肯定吳福是死在杜鬼臉之手。

由此可知，杜鬼臉到公共殮房去是有目的的。

他的目的是什麼，木蘭花無法知道。

木蘭花想到了一點可能，但是她卻覺得自己的想法未免有點近乎滑稽，所以便立即放開，不再去想它。

她所想到的是，杜鬼臉將一把牙科醫生用的鉗子留在這裡，要引起自己的注意，而殮房中有一具屍體，又失去兩顆門牙，會不會杜鬼臉到殮房去，是為了替那個死人拔牙？

替死人拔牙，這未免是十分可笑，近乎滑稽的事情了，所以木蘭花不再去想它。

而她沉思的結果，除了得出結論，是杜鬼臉殺了吳福之外，也一無所得。

她又回到了起居室中，穆秀珍忙道：「怎麼樣。那是什麼意思？」

木蘭花仍不出聲，卻穿起了外套，向外走去。

「蘭花姐，你到哪裡去？」

「你在家中，我出去走走。」

「我也去！」穆秀珍在木蘭花身後緊隨不捨。

木蘭花轉過身來，嚴厲地說：「你在家！」

「在家就在家好了！」穆秀珍嘟著嘴，站住了身子，眼看著木蘭花走了出去。

穆秀珍回到起居室，重重地坐在沙發上，生了一會兒氣，又在室中團團亂轉，拿起沙發墊來亂拋。

當她拋到第六個沙發墊時，忽然，從沙發墊中，飛出一張卡片來。

那個沙發墊，正是剛才取出那把牙醫鉗子的一個，原來在那割破的地方，還有一張卡片在，只不過剛才沒有發現罷了。

穆秀珍連忙拾起卡片來，只見卡片上印著三個大字：

錢一晴。

在名字上面的則是頭銜：德國紐倫堡大學牙科博士，在名字的左下方是地址：群福路三號中央大廈七〇三室。

穆秀珍翻過了卡片來，又看到卡片後面，寫著幾個潦草的字，用心辨去，似乎是「上排門牙，正中兩顆」等八個字。

穆秀珍翻來覆去看了一回，也看不出什麼名堂來，但是她卻可以知道，這是一個重要的線索。

「哼，我有了線索了，」她自言自語地說著：「怎樣進行呢？」

她學著木蘭花的樣子來回踱著步，可是腦中亂哄哄地，卻不知在想些什麼。過了幾分鐘，她就不耐煩起來，手在桌子上一拍，道：「傻瓜，我不會去按址查訪一下麼？」

她連忙衝了出去。

木蘭花並沒駕車出去，穆秀珍跳進了車子，向市區馳去。

她馳出沒有多遠，便看到木蘭花在路旁慢慢地走著，看樣子正在沉思。

穆秀珍大聲地按著喇叭，木蘭花抬起頭來，驚訝地道：「秀珍，你到哪裡去？」

「我去查案，」穆秀珍餘憤未息：「你回家裡去看門吧！」

木蘭花只是向她笑了一笑，高聲道：「你可不要去闖禍！」

她不知道穆秀珍找到了那樣一張卡片，還當是剛才自己的態度太嚴厲了，穆秀珍賭氣離開家，到市區去的。

她仍然無目的地散著步，過了半小時左右，便回到了家中。

那時，正是上午十時。一直到正午十二時。穆秀珍仍沒有回來，木蘭花心中開始有點焦急了。

她打了幾個電話，那是穆秀珍常去的地方，但是穆秀珍卻不在。木蘭花午睡醒來，已經是下午兩點了，穆秀珍仍然沒有回來。

木蘭花開始覺得事情有些不尋常了。

她連穆秀珍不常去的地方，也打了電話詢問，可是穆秀珍的蹤跡仍然不明，木蘭花知道穆秀珍的脾氣，她就算生氣，也決不會氣得那麼久的，那麼，她到什麼地方去了呢？

她說「去查案」，那又是什麼意思呢？自己也了無頭緒的案子，她已經有了頭緒麼？這看來是沒有什麼可能的事。

她望著凌亂的客廳，皺了皺眉頭。

忽然，她發覺沙發墊子有許多個被掀翻了，而有著割縫的那個，則落在地上。

29 內鬼

木蘭花「啊」地一聲，她明白了，她明白穆秀珍的確是去「查案」了，因為穆秀珍一定是在沙發墊中發現了新的線索。

木蘭花也可以肯定，她至今未歸，那一定是發生意外了！

木蘭花一想到了這點，她的心中更加焦急了起來！

她不知道穆秀珍發現了什麼新的線索，自然也不知道她去了哪裡，已遭到了什麼樣的意外。

她除了繼續等待之外，似乎沒有別的辦法可想了，她只好在起居室中來回踱著步。

木蘭花是很少這樣焦急的，她的鎮定功夫，有時連她的敵人也不能不為之佩服，但今天，她卻表現了反常的焦慮。

那是因為她知道，整件事件雖然還一點頭緒也沒有，但卻總是一件十分不平常的事。

一件不尋常的事，冒失、衝動的穆秀珍卻捲入了這件事中，這不是一件極其危險的事情麼？

更令得木蘭花焦急的是，穆秀珍究竟到什麼地方去，發生了一些什麼事，她一無所知！

天色漸漸地黑了下來，門外的公路上，來往的車輛雖多，但就是不見穆秀珍回來。

木蘭花拿起了電話，撥了警方秘密工作室的電話，要高翔聽電話。

「高主任正在開緊急會議。」那邊一個粗魯的聲音，十分不耐煩地回答她。

「我姓穆，你告訴高主任，他一定會來聽的，如果你不去告訴他，耽誤了事情，你要負責！」木蘭花也絲毫不客氣。

電話那邊的聲音沒好氣地道：「好，我去告訴他。」

約莫等了三分鐘左右，木蘭花便聽到了一陣急促的腳步聲，接著，便是高翔的聲音。

木蘭花一聽到高翔那種微微發顫的音調，便可以知道他真的是在參加秘密會議，而且那會議所討論的，一定是十分駭人聽聞的重大事情。

高翔竭力鎮定，使他的聲音不致發抖，道：「穆小姐麼，有什麼指教？」

「對不起得很，」木蘭花首先道歉：「在你有那麼重要的事情要處理的時候來打擾你。」

「重要的事情，啊——」高翔驚詫莫名：「你已經知道發生了什麼事了？」

「我什麼也不知道，但剛才你的部下說你在參加重要的會議，而你的聲音，又顯出你的心中正為一件事而震駭著，所以我就知道你一定在處理一件十分重大的事情了。」

「唉，蘭花，你真的料事如神，市中心區的中央大廈，竟發生了強烈的爆炸，爆炸是在一個牙醫事務所中發生的，初步檢查的結果，已有三人死亡，五十多人受傷，這是戰後最大的案件了。」高翔匆匆地說著。

「噢，有這樣的事情？可能那牙醫事務所根本是一個製毒機關，特地設在鬧市，反可以避人耳目——關於杜鬼臉的案子，可有進一步的發展麼？」

「沒有，自從爆炸案發生之後，警方全力以赴，已將杜鬼臉的事暫時擱置了。」

「那麼，中央大廈的爆炸案，和公共殮房杜鬼臉案件之間，可有什麼聯繫沒有？」木蘭花進一步問。

「我看沒有。」高翔簡單地回答了一句，忽然又道：「蘭花，你若是有興趣的話，不妨來參加我們的會議，這次爆炸案，有許多神秘莫測的地方，是我們所難以解釋的！」

如果不是穆秀珍的一去不回，木蘭花說不定會答應高翔的邀請的。

因為中央大廈是在本市鬧市中心的一座大建物，居然發生了驚人的爆炸，這不但是本市的大新聞，而且是世界性的新聞！再加上高翔說這爆炸事件，還有許多神秘莫測之處，那就更具有吸引木蘭花參與其事的條件了。

可是這時，木蘭花卻正因為穆秀珍的遲歸而心神不定，自然不會再去理會與已無關的事了。

她輕輕嘆了一口氣，道：「我不來了，秀珍——她大約是發現了杜鬼臉一案中的什麼線索，在上午獨自離去，到現在還沒有回來，所以我才打電話來問一問你，看看這件案子有沒有進展的。」

「抱歉得很，我想那只是一件小案子，不會有什麼大不了的事的，我們現在——」

「我知道，你們正在全力處理中央大廈的爆炸案，不能幫我的忙，我也不再打擾你了，再會。」

木蘭花話一講完，便準備放下電話，可是在這時，她卻又聽得那邊似乎有鐵輪車推動的聲音，又聽得高翔吩咐道：「先停在這裡，別推進會議室去——」

接著，高翔又道：「對不起，蘭花，剛才你說什麼？因為清理爆炸現場之後所得到的物件，已經運到了這裡，供軍火專家研究，我竟沒有聽到你剛才的話。」

「噢，我沒有說什麼，只是說你們不必再為我操心，秀珍只怕很快便會回來的。」

「但願如此——」高翔講了四個字，突然停了下來，好一會沒有聲音。

木蘭花雖然不能看到高翔那邊發生了什麼事情，但是她卻也可以知道，當高翔講完了那四個字之後，一定有什麼不尋常的事情發生，所以才會令他突然住了口的。

木蘭花絕未想到那突然所發生的事情，會和她有關，所以，她又再次準備放下電話，不去打擾高翔的工作。

然而，也就在此際，她突然聽得高翔以一種十分奇怪的聲音問道：「蘭花，秀珍……的英文字名叫什麼？」

木蘭花呆了一呆，剎時之間，她實是難以明白高翔會突然有此一問，究竟是什麼意思？

她心中雖然詫異之極，但是她還是立即回答道：「她英文名字叫安格蕾——你為什麼忽然問起這個來了？」

「蘭花——」高翔的聲音更加古怪，像是在哭一樣，「你鎮定些，她可能沒有事。」

「你究竟在說什麼？」

「我身邊有一串物件，是在中央大廈七樓爆炸現場拾到的，剛才我順手拿起了一條銀手鍊，上面的銀牌上刻著……刻著……」

「刻著什麼？」木蘭花緊緊地握著電話，感到一陣暈眩。

「刻著——」高翔終於鼓足了勇氣，「刻著『安格蕾・穆』的名字。」

「——」

木蘭花好一會講不出話來，她心頭怦怦地亂跳，一顆心像是要從口腔中跳出來一樣，高翔在那邊不斷地叫著她。

她足足呆了有一分鐘之久，才簡單地道：「我立即就來，你……將那手鍊保留著！」

木蘭花放下了電話，轉過身來。

這時，天色已經完全黑了，窗子玻璃上映出了她的臉龐，蒼白得可怕，而她的腦中，也混亂到了極點。

穆秀珍遲歸，中央大廈七樓的一個牙醫事務所發生了爆炸，穆秀珍的手鍊在爆炸現場被撿到，這一連串的事，都導致一個結論，那便是：

穆秀珍在這場爆炸中遭到了不幸。

但是，木蘭花卻不願意接受這樣的一個結論，她的心中陣陣絞痛，穆秀珍是她最好的伴侶，如果她真的遭到了不幸……

木蘭花不敢再想下去！

木蘭花當然是一個極其堅強的女子，但是當她衝出門去的時候，她的眼中已充滿了淚水！

她以最快的方法到了警局，高翔在門口迎接她，高翔的面色也蒼白得可怕。

「那手鍊呢？」木蘭花一見面就問。

高翔攤開手掌，在他的手掌中，有一條銀質的手鍊。

那種手鍊本來是軍人用的，上面掛有一塊牌子，刻著姓名編號，以便在戰場上犧牲，屍體不能辨認時用的，可是這種手鍊，卻頗得年輕男女的喜愛，常常戴在腕際，以作裝飾之用。

木蘭花一看到高翔手中的那條手鍊，便認出那正是穆秀珍的物事！

那是穆秀珍在念中學時，和她幾個好同學一起去訂製的，式樣與眾不同。

木蘭花突然之際覺得手臂沉重得出奇，竟要用足了氣力，才能揚起手臂，從高翔的手中將那條手鍊取了過來。

她呆了好一會，淚水充滿了她的眼眶，以致她視線模糊，那條銀質的手鍊，在她朦朧的視線中，閃著一圈一圈的銀光，像是無數張銀色的小嘴，正要爭訴它主人的不幸。

過了好一會，木蘭花才忍住了眼淚，她仔細地觀察著手鍊斷開的地方。

「是被大力拉斷的。」高翔突然說，他的語音也十分乾澀。

「應該是，是被一股大力弄斷的，」木蘭花的聲音，已盡她的可能恢復了鎮定。「可能是拉斷的，也有可能是在爆炸時被震斷的。」

高翔苦笑著道：「我寧願相信是被拉斷的，秀珍為什麼要到那地方去呢？」

「是為了去偵查杜鬼臉離奇死去，公共殮房中一具屍體失蹤，一具屍體被拔去了兩顆門牙的那件案子！」木蘭花毫不考慮就給了回答。

「照你看來，兩件事是有聯繫的了？」

「是，」木蘭花點了點頭，她的面上又恢復了堅強的神色，低沉著聲問道：「我可以參加你們的會議麼？」

「當然，歡迎之至！」高翔立即回答。

他們兩人以十分沉重的腳步，向會議室走去。

一進了會議室，第一個和木蘭花握手的就是方局長，每一個人面上的神情，全都十分嚴肅。

木蘭花約莫看了一眼，有的她認識，有的她不認識，但全是警方的高級人員，則是可以肯定的事。

她進入會議室，一個高級警官正在講話，那位警官的話被打斷了幾分鐘，才聽得他繼續道：「爆炸地點是錢一晴牙醫事務所，這位便是錢一晴牙醫。」

他取出了一張放大到一呎見方的照片，放在架子上，向參加會議的人展開，一面繼續道：「他是本市很有名的牙醫，可以說得上是一個名流，絕對沒有犯罪紀錄，也未曾因為任何事情而引起過警方的猜疑，何以在他的事務所中會發生如此強烈的爆炸，本人還沒有意見可以提供。除了錢醫生之外，還有兩個護士和一個助手，這裡是他們的放大照片，他們也——」

那高級警官一面說，一面將三張照片又放到了架子上。

看他的樣子，像是想說「他們也沒有問題」的，可是不等他說完，木蘭花便陡地站了起來，她雙目之中不但閃耀著憤怒的光輝，而且還有陡地在黑暗中發現了光明的那種神采。

她指著其中一幅相片問道：「警方的記錄中，這人叫什麼名字？」

木蘭花所指的那人，正是被那高級警官稱之為錢醫生的助手的那人，從照片上看來，那人也稱得上五官端正，只是兩道眉毛特別濃得出奇。

那高級警官翻了一下手中的檔案，回答道：「他叫王進才，三年前從沖繩島來到本市之後，便一直受聘為錢醫生的助手，穆小姐，你特地指出他來，有什麼用意？」

木蘭花仍然站著，雙眼盯著王進才的相片，緩緩地道：「如果我沒有記錯的話，這個人不是叫王進才，他是沖繩本地人，叫勝三郎，他可以稱得上是犯罪天才，在他受到四個國家的通緝之前，他是沖繩島走私組織中的第二號人物！」

木蘭花的這番話，引得所有參加會議的人一片震驚。

一個中年人立時轉身，按動了傳話機，他是緝私科長。

「將勝三郎的檔案拿來，快。他的檔案編號是ＡＦ一七〇八號。」緝私科長吩咐完畢，又轉過頭來，道：「穆小姐，在我的記憶中，勝三郎的容貌，和王進才略有不同！」

「是的，他的眉毛變濃了，那是故意的，兩道過濃的眉毛，使得他容貌改變，但是我還是可以在他面部那種狠毒和無法無天的神情中認出他來。各位，有他在這一連串的事情當中，我認為一件巨大的犯罪陰謀，正在本市進行中！」

木蘭花絕不是危言聳聽。在座各人也絕沒有這樣的感覺。

因為勝三郎這個名字，是遠東各地的警務人員都知道的。三年前，勝三郎離開了沖繩之後，便下落不明，有時情報說他已在一次黑社會火拼中橫死了，但是卻也沒有確鑿的證據，而國際警方則一直將他列為重要的逃犯之一。

勝三郎的年紀還十分輕，他的犯罪紀錄更是駭人，他在十一歲時，便曾殺人，在兒童教養院中逃跑七次，最後一次，放火燒去了兒童教養院而逃亡成功。當地的黑社會頭目看中了他的膽色，而將之收留，從此他便成了一個世所側目的罪犯。

有這樣的一個人在，木蘭花的話便絕不是過甚其詞了！

眾人都不出聲，不到三分鐘，他的相片和王進才的相片一放在一起，立時可以發覺有相同之處。

「穆小姐，」方局長立即問道：「你的意見怎樣？」

「我如今還一無頭緒——」木蘭花托著頭，沉思著，才又抬起頭來：「爆炸之後，受破壞的程度究竟到什麼程度？」

一名警官立時站起來道：「我們可以用幻燈片中看到破壞的程度，幻燈片是由各個角度來拍攝的，爆炸一發生，本人便帶領攝影組人員趕到現場，除了死者和傷者外，其他的東西絕對未經移動！」

他一揚手，會議室中的燈光便黑下來，接著，對面的一幅白牆上，便現出了爆炸現場的情形來。

錢一晴牙醫事務所和別的牙醫事務所差不多，有候診室，有醫生的房間等等，爆炸的力量顯然極大，候診室靠走廊的一面牆，穿了一個大洞。

爆炸發生的時候，正是寫字樓中午休息之際，走廊上的人十分多，三個死者和五十多個傷者，便全是在走廊中的行人。

而事務所中，卻沒有發現屍體——軍火專家的意見是，爆炸是如此之強烈，已不可能有屍體了！

3 勝三郎

幻燈片一幅一幅地放著，木蘭花在無形之中，已經變成了主持大局的人。

她不時要某一場幻燈片重映，不時要某一些幻燈片快快轉換，約莫過了半個小時，幻燈片全部放完，會議室中又大放光明。

木蘭花以手支頤，一聲不出，會議室中每一個人都集中視線望著她。

木蘭花的動作卻是出乎眾人的意料之外，她呆了片刻，竟站了起來，道：「謝謝各位，我想我也無能為力，我要告辭了！」

這兩句出乎眾人意料之外的話，給眾人鬧了個瞠目結舌，不知所對。

還是高翔最先開口，道：「蘭花，你怎麼能走？」

「我覺得很不舒服，高主任，再見了！」她一面說，一面已伸出手來，高翔無可奈何地也伸出手來，和木蘭花的纖手一握。

就在他和木蘭花一握手間，木蘭花掌心中的一個小紙團，已到了他的手中。

高翔立時會意，他縮回手來，道：「穆小姐既然覺得不適，那就好好回去休息，可要我送麼？」

木蘭花搖了搖頭，道：「不必了！」

高翔替她打開了會議室的門，木蘭花走了出去，直到她的背影在眾人視線中消失，會議才繼續舉行。

兩三分鐘後，高翔藉故離開會議室，打開了那張被摺成指甲大小方塊的紙團，上面寫著娟秀而潦草的字：「中央大廈橫巷見面，速來。」

那是木蘭花的字跡，高翔回到了會議室中，向方局長耳語了一陣，他便退出了會議。

七分鐘後，他已經來到中央大廈後面的橫巷之中。

橫巷內十分黑暗，他小心翼翼地向前走著，突然聽到木蘭花的聲音，道：「你來了麼？可有什麼人在跟蹤你？」

高翔一回頭，看見木蘭花從一根水管上輕巧地跳了下來。

「跟蹤？」他低聲一笑：「我是從警局來的啊。」

木蘭花迅速地向橫巷口子外顧望了幾眼，才壓低了聲音，道：「如果勝三郎在本市已潛伏了三年，而本市警方還一無所知，這說明了什麼？」

高翔吃了一驚，道：「警方有內奸？」

木蘭花點點頭，道：「是，這就是我秘密約你出來的原因。」

高翔還表示不信，但木蘭花已一揚手，道：「我們不討論這些了，剛才在幻燈片中，你可曾看到什麼問題？」

高翔苦笑道：「我在現場巡視了許久，也一無發現。」

「我倒發現了一個疑點，」木蘭花沉吟了一下：「什麼都被爆炸破壞了，鋼製的文件櫃扭得不成樣子，但是有一件東西卻還完整，這便是可疑之處。」

「還有完整的東西？」高翔對木蘭花的話，表示了懷疑。

「不錯，那是一件幾乎每個醫務所中都有，但是卻又不惹人注意的東西，這是應該損壞的，但是卻沒有損壞，我希望它仍在現場，沒有被搬動。」

「如果你所說的東西，體積是十分大的話，那麼它還在現場。」

木蘭花道：「那一定還在了，現場有多少人在看守著？」

「八個能幹的特級警官。」

「你命令他們撤守！」

「命令他們撤守？蘭花，你的意思是——」

「我的意思是，這件東西該受到破壞而沒有受到破壞，那麼它的構造，一定是異乎尋常的堅固，而這本是一件十分普通的東西，絕不需要加強它的防爆力的，那就說明這東西中有古怪。」

高翔以十分疑惑的目光望著木蘭花，道：「那我們就將那東西取來研究好了，何必要警方的人離開現場，不再看守呢？」

「那東西既然有著古怪，我想，另一方面，一定也會有人想得到它——」

「啊，我明白了，你是希望在警方人員撤退之後，別人來取回那東西？」

木蘭花點了點頭，道：「如果我所料不錯的話，那我們在茫無頭緒之中，便可以有一點線索了。」

「你真要得！」高翔的臉上，不禁充滿了佩服的神色：「但是，你所說的那……是什麼東西？」

「那要考考你的眼力，在你撤退了看守人員之後，我們可以一齊到現場去埋伏著，你去發佈命令，我在這裡等你。」

高翔點了點頭，離了開去，木蘭花仔細地抬頭向上看去，大廈在六七層處的玻璃，許多都被震碎了，橫巷的地下，還有許多玻璃片，沿著牆外的防火梯，要攀上七層樓，該不是難事。

木蘭花將自己藏在一個最隱暗的角落之中，計算著自己和高翔兩人即將展開的行動，突然間，她聽得橫巷的一端，有輕微的腳步聲傳了過來。

那不是高翔的腳步聲，木蘭花一聽就可以聽出來了，她將身子貼牆而立，屏住了氣息。只見一個黑影閃進了橫巷，停在離木蘭花十多碼處。

在黑暗之中，木蘭花看不清那人的形狀，她只見那人手揚著，在他的手中有一點十分暗弱的紅光，正在連續不斷地一閃一閃。

那是在發暗號。

他是什麼人呢？他是在向什麼地方發信號呢？木蘭花心中迅速地轉著念，她循著那人所望的方向看去，看到對面馬路的另一幢大廈中，有一個窗口，也閃著那種暗紅光的光芒。

那種光芒，比鉛筆形手電筒所發出的光芒還要微弱得多，如果不是用心觀察，是絕對看不到的。

木蘭花剛記住了那窗口的位置，那人便又迅速地奔出了橫巷。

接著，高翔回來了。

「人已經撤走了！」

「你來的時候，可有碰到什麼人？」

「沒有啊！」

「剛才有人在這裡發信號，和他交換信號的人，是在對面大廈的一個窗口，我已記熟位置了，如今大可不必打草驚蛇。」

「我們怎麼上去呢？電梯因為爆炸損壞，還未曾修復——」

「我們從牆外的防火梯攀上去，小心貼牆，絕不能被人發現。」木蘭花不等高翔說完，便說出了她的辦法。

「好！」高翔聳了聳肩：「好久沒有用這樣的方式進入一幢建築物了！」

木蘭花苦笑了一下，她心情無比沉重，高翔雖然想故意逗她歡喜，也難令她開顏。

他們兩人沿著防火梯。迅速地向上攀著，不一會，便進入了七樓的走廊中。一置身在走廊中，火藥的濃烈味道便刺鼻之極，走廊中只是經過了簡單的清掃，還有許多碎磚屑和玻璃屑在。

錢一晴的醫務所是在七〇三室，在七〇三室對面，左右的房間房門全都炸去，七〇三室的牆上，有一個大洞，一切情形，正和在幻燈片中看到的無異。

兩人由洞中走了進去，醫務所裡面，更是亂得難以形容。候診室和診療室之間本來是有牆的，也塌了一半，一張牙醫椅子，扭曲得看來像是隔夜油條一樣。

木蘭花和高翔兩人到了診療室中，在斷牆後面伏了下來。

木蘭花向外指了一指，道：「我所說應該損壞的居然沒有損壞的東西，就在候診室中，你可看得到那是什麼東西？」

高翔點了點頭，仔細向外看著候診室中的光線，十分黑暗，他看了好一會，仍是看不出名堂來，只得低聲道：「蘭花，你講出來吧。」

木蘭花向前指了指，道：「那只磅秤，你看到了沒有？」

高翔早已望見那只磅秤了，這真的是每個醫務所中都有的東西，那種磅秤，有一個直架子，人站上去，要移動一個砝碼，才可以知道正確的重量，而那支直架子，還刻有高度的。

那直架子大約是四吋寬，兩吋厚的木桿子，在這樣猛烈的爆炸中，當然是應該碎成碎片，至少是應該斷折了的，可是它卻十分完整。

高翔一看到了這點，身子忍不住向前一聳，想要去看個究竟。

但是木蘭花卻將他按住，道：「不要亂動，別忘了我們來這裡的目的！」

高翔注視著那只磅秤，那磅秤上的直桿如果是特殊構造的，那又有什麼用意呢？如果當中是空心的，那空洞也小得可憐，當中可以藏些什麼呢？

他不斷地想著，好幾次想向木蘭花詢問，但是卻被木蘭花用手勢將他的話打了回去。

他無法可想，只有耐著性子等著。

時間慢慢地過去，約莫過了大半個小時，他們一齊聽到，走廊之中傳來了一陣腳步聲。

木蘭花低聲道：「來了，他們來了！」

木蘭花剛一停口，便看到已經沒有了門的門口，出現了兩個人影。那兩個人在門口略停了一停，便向裡面走來。

他們直走到那根倒在地上的磅桿前，兩人合力將那根磅桿扶了起來。

將磅桿扶起之後，他們從袋中取出工具，迅速地將那根直桿和磅身分離。

當他們兩人抬著那根直桿才向外邁出一步之際，高翔已「啪」地一聲，拉開了手槍的保險掣，道：「別動！」

那兩個人像是被雷殛一樣，突然一震，站立不動。

木蘭花在斷牆上橫身躍過，到了兩人的身後，她揚起手來，先在其中一人的後頸狠狠地擊了一掌，那人應聲而倒。

另一人猛地一個轉身，用磅秤上的直桿，向木蘭花橫掃了過來！

木蘭花身子向後退去，高翔已經一個箭步竄了出來，一舉重重地擊在那人的下頷之上！那人的身子向後一仰，恰好向木蘭花跌了過來。

木蘭花毫不留情地在那人的太陽穴上重重地擊了一拳，那人也立時倒地不起了。

他們兩人以極快的手法擊倒了兩人，木蘭花提起了那磅桿，只覺得十分沉重，這時在黑暗的光線下，她也看不出其中有什麼秘密來。

她沉聲道：「你快通知部下，將這根磅桿和那兩人帶回總部去嚴密看守，我們再到對街去捉人！」

「〇三七隊注意！」高翔從衣袋中摸出了無線電通話器，以沉著的聲音發著命令：「全隊速至中央大廈七樓，限五分鐘到達！」

他放好了無線電通話器，抬頭看去，只見木蘭花伏在窗前，注視著對街的一幢大廈。

剛才，當木蘭花躲在橫巷中的時候，她曾看到從那幢大廈的一個窗口之中，有明暗不定的信號發出，這時她仍然可以記得那個窗口的位置。

她望著那個黑沉沉的窗口沉思著，不到四分鐘，高翔的部下已經趕到。

木蘭花這才轉過身來吩咐道：「你們將這兩人帶至總部的途中，要極為小心，不能讓這兩人脫走，至於這根桿子，則要直接交給方局長保管，不能再經過別人的手，你們可明白了？」

〇三七隊的負責人點了點頭。

木蘭花又嘆了一口氣，道：「高先生，其實我們最好是分頭進行，你帶著這兩個人回警局去，我獨自到對面的大廈中去探索，那就萬無一失了。」

「不，這一小隊是十分幹練的警員，他們做事情是不會出差錯的。」高翔不想木蘭花獨自去冒險，所以一口拒絕了她的提議。

「那也好，等我們下了樓，他們才可以行動。」木蘭花話一說完，便已向外走去。

高翔跟在她的後面，兩人仍是沿著防火梯，到了樓下，在大廈的陰影中，迅速地越過了馬路，進入了對面的一幢大廈。

兩人並不用升降機，直奔九樓，在走廊中，木蘭花和高翔兩人略為辨了辨方向，木蘭花向其中一扇掛著「大恆貿易公司」招牌的門，指了一指。

高翔取出了百合匙，他只花了一分鐘工夫，門鎖便發出「喀」地一聲，高翔後退了一步，拔槍在手，這才扭動門鈕，將門推了開來。

門內十分黑暗，只有街燈的光芒隱約地射了進來，可以看得出那是一間普通的寫字樓，有辦公桌，有各種應用的文具。

木蘭花也跟了進來，她貼牆而立，四面看了一看，伸手在牆上摸索著，摸到了電燈開關，她伸指去撥動電燈開關。

51 內鬼

就在她撥動電燈開關之後的十分之一秒鐘，一切都變了！

先是眼前陡地一亮，那種強光之灼烈，遠出乎木蘭花和高翔兩人的意料之外，令得他們兩人陡地一呆。緊接著，便是「砰砰砰砰」七八聲響，所有的門窗之上，都有鋼板落了下來，將出路封住。

再接著，木蘭花只覺得有一個人疾竄了出來，向高翔撲了過去。

由於那突如其來的強光太強烈，木蘭花在那一瞬間，反倒看不清眼前的物事，她只是叫道：「高，小心！」

高翔在那片刻之間，也已覺出有人向他撲了過來，他立即開槍，但是子彈顯然未曾射中那人，而他的腹際則受了重重的一擊。

那一擊，令他痛得彎下身子來，但是他還來得及反手揮出一拳。只不過那一拳仍未曾擊中對方，他右腕之上反倒又受了一掌，令得他五指一鬆，手中的槍掉到了地上。

從木蘭花以為她所摸到的是電燈開關，而觸發了機關，直到高翔的槍失落，這其間，只不過是兩三秒鐘的時間而已。

接著，兩人便聽到了一下十分陰森的笑聲，眼前的強光突然一齊熄滅。

剛才，由黑暗突然變成灼亮，木蘭花和高翔兩人變得什麼也看不到，這時，又由灼亮而變成漆黑，眼前更是只見團團紅影。

但是，在灼亮的光芒未曾滅熄之際的一剎那間，木蘭花的視力已經開始適應強光了，她在那極短的時間內看到了眼前的情形。

她看到高翔痛苦地彎著腰，而一個看來十分瘦削的人則奪走了高翔的槍。

就當她剛一看到那種情形時，強光便已熄滅。

當然，沒有人是能夠在黑暗中看到東西的，但是人的眼睛，卻能夠將所看到的影像保留十五分之一秒的時間，電影就是根據人眼的這一個特性所發明的。

強光熄滅，在十五分之一秒時間之內，木蘭花還可以看到那個瘦長的男子所站的位置。對於行動敏捷和貓一樣的木蘭花來說，十五分之一秒，已經是一個相當長的時間了！

她陡地向前撲了過去，那個奪了高翔佩槍的人，顯然做夢也想不到，在漆一般的黑暗之中，木蘭花居然還能記得他所在的位置。

他覺出有人撲來，但早已遲了，木蘭花的右肘重重地撞在他的胸前。在黑暗之中，傳來了肋骨斷折的砉然之聲，和一個人跌倒的匍然聲。

木蘭花又踏前一步，伸足踏住了那個被她襲擊而受傷的人。

高翔在那瞬間，完全不知道發生了什麼事，他一聽到有聲響，還只當木蘭花和他一樣，受到了突如其來的襲擊，他忙忍著痛，高叫道：「蘭花，蘭花！」

木蘭花道：「我已擊倒了一個人，你快用電筒照明！」

高翔取出電筒，然而，還未及等他按亮電筒，在黑暗之中，便傳來了幾下十分陰森的笑聲，緊接著，高翔和木蘭花兩人，鼻端便聞到了一股極之濃烈的麻醉劑的味道。

兩人同時叫喚著對方，但是他們只不過叫出一個字，便一起失去了知覺。

當他們失去知覺之前，他們所聽到的，只是那陣陰森之極的笑聲，那種笑聲，像是從地獄中發出來，要將他們引向地獄中去一樣地可怖……

那天早上，穆秀珍在沙發墊子中發現了杜鬼臉所留下的那張卡片，賭氣自己去追查凶案。

在半途上遇到了木蘭花而並不停車之後，她的心中還十分得意。因為在公共殮房中所發生的怪事，可以算得上撲朔迷離，如果她能夠獨力破案的話，那麼以後有什麼重要的事發生，木蘭花便再也不會小覷她，而要她「留在家中」了。

她的心情十分輕鬆，因為她已掌握了主要的線索。

當時，她還不斷地回頭看去，看到木蘭花呆立在路邊，當她的車子轉了一個彎之後，木蘭花也已看不見了。

她直到市區，將車子停在中央大廈附近的一條橫街之上。

她乘著電梯，直上七樓。

那時，是上午十時三十分。

當她找到七〇三室時，她看到了「牙醫錢一晴」的招牌，她推門而入。

那是一間和別的醫務所並沒有什麼不同的診所，她一進去，轉過頭向她望來的，一個是坐在辦公桌前的護士，另一個，則是穿白色長衣的一個瘦削男子。

穆秀珍在門口站了一站，那一男一女兩人都不出聲。穆秀珍只覺得氣氛十分之詭異，但究竟詭異在什麼地方，她卻又說不上來。

三個人誰也不開口，僵持了約莫一分鐘，那護士才道：「小姐找誰？」

「我……」穆秀珍四面環顧：「當然是找錢醫生。」

「醫生今天休息。」那護士站了起來說道，將醫務所的門打開，顯然是在逐客了。

如果穆秀珍真的是牙痛來找醫生的，那麼在這個城市中，牙醫多的是，她一定會立即離開，去找第二個牙醫了，可是她卻不是為了牙痛，而是為了杜鬼臉怪死一案來的！

「姑娘，」她帶著笑容：「我想請問，錢醫生的病人當中，是不是有一個姓杜的？」

那護士陡地一呆，手一鬆，那裝有強力彈簧的門，立時「砰」地一聲彈上。那個瘦削的男子，已向她緩緩地走了過來。

那男子直來到穆秀珍的面前，才道：「姓杜的，杜甚麼？」

「杜鬼臉，」穆秀珍又補充：「那當然不是他的真名字，只是他的外號！」

「噢！」瘦削男子點了點頭：「我記得他，我是錢醫生的助手，小姐，你到這裡來查問他，究竟是為什麼呢？你應該知道，醫務所是有義務替病人保守秘密，不被查問的。」

「哼，你們必需說出來！」穆秀珍神氣活現，儼然大偵探狀：「杜鬼臉死了，他在臨死之前，曾……說出了這個牙醫診所的地址來！」

那瘦削男子和護士又互望了一眼，兩人的身子略為移動了一步。

如果那時前來查案的是木蘭花，而不是穆秀珍的話，那麼木蘭花一定可以看到，這兩人身子的移動，是深有用意的。

他們兩人，一個移到了門前，已將退路截斷；而另一個則到了辦公桌前，將一個抽屜拉開了數吋，顯然有所圖謀。

但是粗心大意，以為自己占了上風的穆秀珍，卻全然未曾注意這些。

「小姐，你是警方的人，還是私家偵探？」那瘦削的男子客氣地問。

「都不是。」穆秀珍挺了挺胸：「我叫穆秀珍，大名鼎鼎的木蘭花就是我的堂姐，你們這牙醫診所可能有古怪，我要搜查！」

「小姐，醫生不在，我只不過是他的助手，實是難以答應你的要求。」那瘦削的男子仍然很是客氣。

「不行，我一定要搜，你們兩人退開些，你們可知道在公共殮房中，除了杜鬼臉死了之外，還發生了些什麼事？」胸無城府的穆秀珍，來不及地說著：「一個死人不見了，又一個死人被人拔去了兩顆牙齒！哼，這可和牙醫生有關係，你們怎能拒絕我的搜查？」

那瘦削男子的面色，越來越是蒼白。

「小姐，」他突然道：「你還知道些什麼？」

穆秀珍聽了，不禁一呆。

她其實沒有多知道什麼了，她所知道的，早已一股腦兒講了出來。

如果這時候，她索性承認了什麼都不知道，以後事情的發展或者便會大不相同，但是，穆秀珍卻一擺首，道：「我已什麼都知道了，你們有什麼秘密，和杜鬼臉有什麼勾結，快從實說了吧！」

那瘦削男子的口角，現出了一個十分陰森的冷笑，他的手已伸進了抽屜之中，突然，他的手伸了出來，手中已有一柄袖珍的小手槍，指住了穆秀珍。

穆秀珍突然一呆，叫道：「你們——」

可是她只叫了兩個字，從裡面的診所中，已經奔出了兩個大漢來，直來到了穆秀珍的面前，而那個瘦削的男子則在他那柄袖珍手槍上，以迅速而熟練的手法套上了滅音器。

穆秀珍身子猛地向後退去，那兩個大漢向她直衝了過來，不容她動手，已經一邊一個，抓住了她的手臂，穆秀珍猛烈地掙扎著。

但是她的口中，立即被那護士塞進了一團布，而她在掙扎的時候，手上的那條手鍊也斷裂了開來，而跌到地上。

穆秀珍不是那兩個大漢的敵手，不到五分鐘，她雙手已被反縛，被綁在診所中的牙醫椅子上，她竭力地掙扎著，卻沒有用處。

當她被綁在牙醫椅子上的時候，診室中只有她一個人，那兩個大漢、瘦削男子和護士全在外面的候診室中。穆秀珍聽得那瘦削男子在沉聲說著話，他似乎不是對室內的人說，而是在和什麼人通電話。

只聽得他道：「杜鬼臉臨死之前留下了線索，已有人追尋到這裡來……絕不是不可能，來人是這樣說的，來的是什麼人？她是木蘭花的堂妹……是的，木蘭花是一個危險人物……什麼？杜鬼臉臨死之際，絕不可能留下線索？那麼她又是怎麼來到這裡的呢、我們在本地警方絕無記錄……是的，我同意你的說法，我們必需作出決定，這個據點中的一切，必需加以徹底毀滅，我提議用強烈的炸藥……好……」

通話到這裡告一個段落，接著，便看到那四個人忙碌地進出，在收拾著東西，對於被綁在牙醫椅子上的穆秀珍，根本未加注意。

穆秀珍雙手被反綁著，她一直在用力掙扎，可是卻毫無結果。

時間一點一點地過去，已過了正午了。

那四個人看來已收拾好了東西，那個瘦削男子才來到穆秀珍的面前，面上帶著詭異的笑容，道：「對不起得很，穆小姐，由於你的造訪，我們逼得放棄了一個經營多年的據點，這對於我們來說，是一件十分可惜的事情，所以，你必需和這裡的一切一齊毀滅。」

「唔唔……啊啊……」穆秀珍因為口中被塞著布，想要講些什麼，也講不出來。

這時候，她的心中不禁深深後悔自己不應該單獨前來冒險的。她來到了這裡，什麼也沒有得到，但是卻不免枉死了，她的眼中現出了十分恐怖的神色來。

那瘦削男子指著掛在牆上的一個電鐘，道：「我們已設置好了炸藥，等我們到達了安全的地方時，便會利用無線電裝置使炸藥爆炸——」

他講到這裡，頓了一頓，才又道：「你大約還有一個小時可活，由於炸藥的性子十分猛烈，我可保證你在死的時候，是絕對不會有任何痛苦的。」

穆秀珍仍然「唔唔啊啊」地叫著，她希望至少那人會將塞在她口中的布團取去，但是那人一講完之後，就立即轉身而出！

穆秀珍幾乎一點希望都沒有了！

她額上的汗珠不斷地淌了下來，令得她的視線也為之模糊，在模糊的視線之中看來，那電鐘的秒針快得幾乎和飛的一樣！

她聽得外面候診室中，那女護士道：「剛才總部有指示來，說要將這根磅桿抬走！」

「這根磅桿為什麼要抬走？」穆秀珍認得出，那是這瘦削男子的聲音。

「我不知道，總部沒有說明原因。」

「那是不可能的事，這附近可能警探密布，我們抬著一根磅桿出去，豈不是引人注意？」

「可是總部的命令——」

「這裡由我負責！」那瘦削男子咆哮著：「我們立即撤退。」

接著，穆秀珍聽到了開門關門的聲音。

本來她還希望會有人牙痛撞進來，將她鬆綁，但是她隨即又聽到了鎖門的聲音，她知道連這一點希望都沒有了。

她只好劇烈地掙扎著，那瘦削的男子說她大概只有一個小時的時間，她必需在這段時間中設法脫身！

她猛烈地扭動身子，越扭越是出力，終於，她連人帶椅子一齊跌到了地上。

她喘著氣，在地上伏了一會，再挪動著身子，直到她的頭部可以碰到門腳上的一個鉤子為止，她將口張向那個鉤子，使鉤子鉤住布團，這才向後一縮頭，將口中的布團鉤了出來。

「救命啊！救命啊！」穆秀珍一能出聲，便立即放聲大叫。

可是她叫得喉嚨都啞了，也沒有反應，她斜眼看了看鐘，當她發現她竟叫了十多分鐘，而仍然一無結果時，她心中更是吃驚！

她還有多少時間？她能將剩餘的時間完全浪費在叫救命之上麼？

她竭力鎮定著心神，猛地挺了挺身子。

她一挺身子，牙醫椅子便撞在一只櫃子上，「乒乓」巨響過處，許多牙科器械跌了下來。

穆秀珍看到了其中有一柄鋒利的小刀！那鋒利的小刀，本來是牙醫用來割開牙肉用的，但當然也可以用來割繩子。

穆秀珍設法用口銜住了那柄小刀，勉力側著頭，用小刀鋸著她手背上的繩子，她用盡了氣力，那股繩子才被割斷。

穆秀珍掙著手背，綁在她身子的繩子漸漸地鬆了開來，等到她的一隻手恢復了自由之後，一切都已容易得多了！

她扯去繩索，跳了起來，衝到了候診室中，只見候診室中十分凌亂，門鎖著，她無法打開門，而就在這時，爆炸發生了！

爆炸是在診室內發生的，爆炸的氣浪，使得那扇門幾乎是在爆炸聲剛一傳出之際，便向外飛去，穆秀珍這時正握著門柄在推著，整扇門向外飛去，連她的人都帶了出去！

如果穆秀珍在這時是轉身去找什麼東西開門的話，那麼在如此強烈的爆炸之下，她一定是粉身碎骨了，可是她恰好貼在門前，由於空氣突如其來的膨脹，她手仍握在門柄上，連人彈了出去，在她撞到了大廈走廊中的時候，醫務所內的一切才開始碎裂，穆秀珍竟絲毫無損。

她立即在地上滾了幾滾，站了起來。

這時候，診室的牆上已出現了一個大洞，劇烈的震盪，使得整座大廈都像是在岌岌搖動一樣，走廊之中的所有人，都被爆炸所發生的氣浪震跌，有的立時身死，有的受了傷，有的昏了過去，在那片刻之間的混亂，使得所有的人中，沒有一個人去注意穆秀珍沿著樓梯，飛奔而下。

等到穆秀珍奔到樓下時，馬路上的車輛幾乎都已停止行駛，行人麇集在大廈的門口，各自以驚愕的神色，在探聽著究竟發生了什麼事。

首先趕到的警員，已經在維持秩序。

穆秀珍穿過人群，向她停車的橫巷中奔去，她奔到了車旁，才舒了一口氣，她算是死裡逃生了，當她想起剛才被綁在牙醫椅子上的危險情形時，她不禁微微地發起抖來。

穆秀珍用發抖的手拉開車門，車門剛一被拉開，她又不禁呆住了。

在她的車子中，已坐著一個人！

那也是一個瘦削的男子，但是卻不是剛才在醫務所中見到的那個。眼前這瘦削的男子，面目陰森，年紀看來還相當輕，但是在他的口角線條和他的眼睛之中，卻充滿了殘忍而凶狠的神色。

穆秀珍才一怔間，那人已經道：「你好，穆小姐，我早已料到你會脫險的了，請進車子來。」

穆秀珍猶豫了一下，終於進了車子，坐在駕駛位上。

穆秀珍絕不是肯輕易就範，聽別人指揮的人，但是在如今的情形下，她卻連反對的餘地也沒有，因為在那人的膝上，放著一柄裝有滅聲器的手槍。

在鄰街發生了大爆炸，便引起了所有人的注意，在這靜僻的橫巷之中，如果再有一下不會比雙掌互擊更響的聲音，又有誰會注意呢？

穆秀珍所以只好乖乖地進了車子，將車門關好。

「你來駕車，」那男子命令道：「向前駛去，一路上繼續聽我指揮。」

穆秀珍只好服從，她將車子駛出了橫街，在那人命令下，向前駛去。

「我的部下是蠢材，穆小姐請你別見笑，他們以為將你綁在椅子上，就可以使你和我們的據點同歸於盡，那未免也太小覷穆家的兩位女英雄了。」

「哼，」穆秀珍冷笑著：「你知道我們的厲害，那就好了！」

「哈哈哈！」那男子笑了起來：「而且，那傢伙還敢公然違抗我的命令，將一件重要的東西留在那據點中不帶出來，穆小姐，你或者不相信，他們四個人已經被我處死了！」

穆秀珍自然知道，那男子口中的「他們四個人」，便是指醫務所中的那兩個大漢、瘦削男子和那個女護士而言的！

這人的手段竟然如此凶殘！穆秀珍不禁打了一個寒噤，道：「你是什麼人？」

「說我的化名是沒有意思的，我將你當作朋友，所以我向你說出我的真名字，我是勝三郎。」

那男子講的是極其流利的中國話，但是他說出來的名字卻是一個日本名字，穆秀珍陡地一怔，勝三郎的名字對她來說，也是絕不陌生的，她立即衝口而出，道：「沖繩的勝三郎？」

勝三郎頗是得意，道：「正是我。」

「原來是走私販毒的慣匪，失敬，失敬。」穆秀珍毫不客氣罵著他：「你來到這裡活動有多久了？你為什麼選中本市做你的葬身之地？」

勝三郎只是桀桀地笑著，道：「轉左，再轉右，向前直走，對了，就在這裡停下。」

穆秀珍踩了剎車，車子停了下來，這是通向郊外的一條極其荒僻的道路，路上連一輛車子也沒有。穆秀珍一停下車子之際，心中便不禁感到了一股寒意，覺得勝三郎已不懷好意。

果然，當她才一停下車子來之後，她一轉頭，便看到勝三郎手中的槍，已經對準了她的臉。穆秀珍一低頭，猛地向前撞去，可是在此同時，勝三郎的手指也已扳動了槍機。

從長長的滅聲器管子中射出的，並不是子彈，而是一股氣味濃烈的液體，那種液體射到了穆秀珍的臉上，穆秀珍突然一呆，身子便軟了下去。

那柄手槍，外形看來和配有滅聲管的手槍一般無異，但是它卻是特製的，是可以發射強烈麻醉劑的手槍，麻醉劑在三秒鐘之內發生作用，穆秀珍昏倒在車中，人事不知了。

勝三郎得意地笑著，將穆秀珍的身子塞到了車子的後座位下，他繼續駕著車，向前風馳電掣而去。

這時，是下午二時正。也就是木蘭花正在到處尋找穆秀珍的時候！

4 兩顆牙齒

穆秀珍又漸漸有了知覺的時候，她睜開眼來，只見自己是在一間陳設相當舒適的房間之中，而她則是躺在地上的。

她覺得四肢發軟，頭部沉重，全身一點力道也沒有，好不容易撐著身子，在一張沙發上坐了下來。

沙發旁的茶几上有一壺咖啡，她倒了一杯，飲下去後，精神稍為振作了一些，但仍是軟癱在沙發上，一動也不想動。

穆秀珍從來也未曾感到自己有這樣疲倦過，她竭力想振作精神，但是卻一無結果。

她在沙發上坐了好一會，才聽到門柄旋動，門被推開，勝三郎走了進來，在她的對面坐下。

穆秀珍一看到勝三郎，便想破口大罵，但是她卻連罵人的精神都提不起來，只是用不屑的眼色望著勝三郎，來表示心中的憤怒。

勝三郎在穆秀珍的對面坐了下來，道：「穆小姐，我首先要講給你聽的是，在你昏迷不醒的時候，我們為你進行了一種特殊的注射。我們為你注射的針液，使你身體內產生大量的乳酸，血液內的帶氧減少，所以儘管你頭腦清醒，但是你的身子卻比剛跑完馬拉松賽跑還要疲倦，在這樣的情形下，你是絕無反抗的餘地的，你明白了麼？」

穆秀珍翻了翻眼睛，她當然相信勝三郎的話，因為她不但沒有力量反抗，而且連想罵上勝三郎幾句的勁都提不起來。

她只好有氣無力地道：「你想怎樣？」

勝三郎俯了俯身子，向穆秀珍露出他白森森的牙齒，笑了一笑，道：「穆小姐，那兩顆牙齒，在什麼地方？」

穆秀珍呆了一呆，道：「什麼？牙齒？」

勝三郎道：「是的，牙齒。」

穆秀珍嘆了一口氣道：「你一定在做夢了，什麼牙齒？」

勝三郎又露齒一笑，勝三郎獰笑時的樣子。使得穆秀珍覺得自己面對著的是一頭狼，而不像是一個人！

勝三郎道：「穆小姐，你是絕無反抗的餘地的，你別忘了這一點！」

穆秀珍乾脆不去睬他，她心中在想著：什麼牙齒，簡直是笑話，兩顆牙齒，哼，這算是什麼話？

她在開始想及那「兩顆牙齒」的時候，只將勝三郎當作是一個瘋子，在胡言亂語而已，可是她心中冷笑了幾遍之後，便不禁為之陡地一動！

兩顆牙齒！

有什麼事情是和兩顆牙齒有關的呢？是錢一晴牙醫事務所——牙齒當然是和牙醫有關的，但是兩顆牙齒……

穆秀珍的心中陡然一亮，她想起來了，和兩顆牙齒有關的，並不是錢一晴的醫務所，而是屬於警局管轄的公共殮房！

對了，在公共殮房中，那天晚上，看守吳福死了，杜鬼臉死了，三十七號箱中的一具屍體失了蹤，而十四號箱中的一具屍體，卻被人拔去了兩顆牙齒！

兩顆牙齒！

穆秀珍一想到了這一點，陡地睜開眼來。她雖然做事莽撞，心急，但是卻也絕不是笨人，她已經對整件事情有了一個概念，至少她可以肯定，一連串怪事的焦點，是在於那兩顆牙齒！

她才一睜開眼來，便接觸到勝三郎陰森的目光，勝三郎道：「怎麼樣，你可是想起來了？可是已改變你的態度了？」

穆秀珍身子不能動彈，她知道在如今這樣的情形下，自己如果不運用智慧的話，那是非吃大虧不可的，看勝三郎注視著自己的目光之中，除了陰森之外，似乎還大有淫邪的意味在內！

穆秀珍想到這裡，心中更是發慌！她苦笑了一下，道：「牙齒，你是說兩顆牙齒？」

「不錯，它們如今是在什麼地方？」勝三郎一面說，一面逼近了過來，他兩排潔白的牙齒閃耀著寒森森的光芒。

「這兩顆牙齒，是在公共殮房中，那死人口中拔下來的？」穆秀珍問。

「當然是。」勝三郎略怔了一怔，然後回答：「它們在什麼地方？」

那兩顆牙齒在什麼地方，鬼才知道！穆秀珍心中暗暗地罵著。

她又道：「杜鬼臉死在公共殮房之中，是為了什麼？怎麼又會有一個失蹤了呢？」

「杜鬼臉是我們派——」

勝三郎那句話只講到了一半，便陡地想起，自己絕無回答對方問題的必要，因之下面的話立時縮了回去。

可是他那一句話雖然未曾講完，穆秀珍卻又多知道一些事情了，那就是：杜鬼臉是他們派去的。

他們派杜鬼臉到公共殮房去做什麼呢？當然是為了兩顆牙齒了。

為什麼他們要去拔死人口中的牙齒呢？

杜鬼臉為什麼又會死去呢？

另一個人為什麼又會失蹤呢？

這一連串的疑問，穆秀珍卻還無得知。

「杜鬼臉是你們派去的，他怎麼又會死呢？」穆秀珍立即問。

「小姐，」勝三郎的面上，突然現出了一絲狡猾的微笑：「那兩顆牙齒究竟在什麼地方，是否已有人發現了其中的秘密，你說不說？」

到了這時候，穆秀珍實在也沒有法子拖延下去了。

她苦笑了一下，道：「老實告訴你，我真的什麼也不知道。」

勝三郎陰惻惻地笑了一下，按動了一個鈕掣，一個中年人應聲而入。

「快將我那套攝影設備準備好。」勝三郎命令著。

那中年人答應了一聲，便退了出去。不一會，他搬來了強光燈和裝置在三腳架上的攝影機。

穆秀珍坐在沙發上，根木不能動，也沒有逃走的念頭可轉。

她見到勝三郎在擺弄著攝影機，心中暗忖，這傢伙不知道又在搞什麼鬼了。這攝影機難道是一件什麼新式的逼供儀器嗎？他不知道要用什麼法子來使自己講出那兩顆牙齒的下落？

那兩顆牙齒在什麼地方，自己的確一無所知，換上木蘭花和自己同一處境時，她又會怎麼樣呢？

她正在胡思亂想地想著，勝三郎已來到了她的面前，道：「穆小姐，你知道我的嗜好是什麼？」

「誰知道？」

「我的嗜好是人體攝影，凡是遇到美麗的胴體，我都不肯放過的。」

「人體……攝影？」穆秀珍已經在微微地發顫，因為她覺出對方是大大地不懷好意了。

「不錯，穆小姐，我特殊配方的麻醉劑正使你全身不能動彈，我可以輕而易舉地將你身上的衣服脫去——」

他講到此處，故意頓了一頓。

「不！」穆秀珍尖聲叫了起來。

「哈哈哈！」勝三郎得意地仰頭笑著，突然伸手抓住了穆秀珍恤衫的領口，向下一撕，「嗤」地一聲響，恤衫的一邊被撕了下來，露出了雪白，渾圓的肩頭來。

穆秀珍臉色蒼白，道：「你……你……」

勝三郎又哈哈地笑著，道：「你沒有法子反抗，是不是？當你美麗的胴體盡皆裸裎展露的時候，我就可以開始攝影了，我相信有許多地方會對我的傑作感到興趣的，因為你是木蘭花的妹妹，而你本身又是一位如此美麗動人的小姐……」

「你別說下去了！」從穆秀珍的額上滲下了汗珠來，她尖聲地叫著。

「我非但要說，而且要付諸行動。」勝三郎一反手，啪地一聲，扭亮了強光燈，燈光集中在穆秀珍的身上，令得她幾乎連眼都睜不開來。

穆秀珍幾乎絕望了，在這畜牲面前裸露自己美妙的身子，而又給他去拍照……這簡直是絕沒有勇氣去想像的一件事。

「嘿嘿，」勝三郎得意地笑著：「但是我還可以給你五分鐘的時間，五分鐘，你說，那兩顆牙齒在什麼地方。我還得提醒你，我絕不是色情狂，但你要知道，你自己可是一個十分美麗而且誘人的小姐！」

「五分鐘……」穆秀珍幾乎是在呻吟了。

「不錯，五分鐘。」勝三郎就在她的對面坐了下來，眼中對穆秀珍的慌亂露出欣賞的神色來，顯見得他是一個心理極不正常的人。

穆秀珍望了望自己已經裸露了的肩頭，心中迅速地轉著念頭，她想，那兩顆牙齒一定包含著一個重大的秘密，如果自己胡亂說一個地方，那麼這傢伙會不會立即離去呢？

如果他能離去的話，那麼自己便可以拖延一些時間了。但是，他一定會知道自己是在令他上當的，到那時候，只怕便難逃劫運了。

她腦中亂成一片，耳際只聽得勝三郎陰惻惻的聲音在數著：「兩分鐘……三分鐘……四分鐘……」

當勝三郎數到了「四分鐘」三字的時候，他又站了起來，向穆秀珍走了過來，他瘦骨嶙峋的手竟毫不留情地按在穆秀珍的肩頭之上。

穆秀珍內心感到了一陣抽搐，在這樣的情形下，她幾乎已經沒有多作考慮的餘地了。

她忙叫道：「好，我說了！」

勝三郎縮回手去，道：「剛夠五分鐘。」

穆秀珍喘了一口氣道：「你要追回那兩顆牙齒，可得快想辦法了，據我所知，那兩顆牙齒……」

穆秀珍講到這裡，不得不頓了一頓，因為那兩顆牙齒究竟在什麼地方，她完全不知道，她不得不編造出無稽而又並不荒誕的故事來取信於勝三郎。

「那兩顆牙齒……在杜鬼臉死後，落到了一個神通廣大的人的手中……」穆秀珍信口雌黃：「這個人，帶著牙齒，乘坐一艘淺藍色的遊艇，叫作……『藍鳥號』……向南中國海駛去，你若是開大馬力的船隻去追，是可以追得上的，因為『藍鳥號』要停在離岸七十海浬處，等候另外一個人來與他相會。」

穆秀珍一口氣講完，心中不禁十分緊張。

因為如果勝三郎不相信她所講的話，那麼她便絕無轉圜的餘地了。

勝三郎寒著臉，沉默了片刻，道：「你所說那神通廣大的是什麼人？」

穆秀珍心中一喜，暗忖只怕你不問，你要問了，那就會上鉤了。

她忙道：「是我堂姐的一個朋友，我也不知道他是什麼人，只知道他和義大利的黑手黨、美國的黑社會，和好幾個大組織都有聯繫。」

勝三郎的兩道濃眉蹙得更緊，來回踱了幾步，喃喃地道：「莫非是鄧爾？」

穆秀珍眨了眨眼睛，她又記住了一個名字：「鄧爾。」

勝三郎陡地抬起頭來，道：「穆小姐，你是沒有機會逃出去的，如果你是胡言亂語，那你趁早收回你的話，要不然，你將後悔莫及。」

穆秀珍的心頭怦怦亂跳。

她自然知道在勝三郎戳穿了她的謊言之後，會有什麼可怕的結果，但是，勝三郎若是離去的話，他要駛出七十海浬，又要在遼闊的海面上尋找那子虛烏有的「藍鳥號」，這至少需要好幾個小時的時間了。

在好幾個鐘頭之內，難道自己竟連一點機會都把握不到麼？

所以，她一咬牙，道：「當然是真的，我還有資格來騙你麼？」

勝三郎又看了穆秀珍片刻，才厲聲道：「好！」他一個轉身，便走了開去。

穆秀珍聽到了「砰」地一下關門聲，心中才略鬆了一口氣。

她可以有多少時間呢？穆秀珍心中暗忖，她竭力地掙扎著，可是她的氣力卻難以傳達到身子的任何一部分，她除了軟癱在沙發上出汗之外，一點別的辦法都沒有。

在她目力所及的牆上，有一個電鐘掛著，她可以看到時間在飛快地過去。

她是一個心急的人，在此以前，她從來也未曾看到過時鐘的分針是怎樣移動的，可是在這時候，卻連時針也像在跳躍前進一樣，一下子就過了一格。

那也就是說，一個鐘頭已經過去了！

穆秀珍的心中越是焦急，越是憂焚，就越是想不出辦法來。她曾試圖先倒在地上，再向外滾去，可是她全身肌肉都受了麻醉，根本就沒法子動彈！

時針又很快地跳了一格，穆秀珍開始絕望了，她想到勝三郎回來之後自己將要受到的噩運，更是頭皮發麻，難以想得下去。

就在這時候，門柄上響了起來，穆秀珍心向下一沉，暗叫道：「完了！」她一直被強光照著，房門是在陰暗處，她向前看去，看得並不十分清楚，她只看到房門迅速地打開，一個人閃身而入，又立時將門關上。

穆秀珍還聽到那人在發出濃重的呼氣聲，穆秀珍嚇了一跳，尖聲道：「誰？」

那人向前一步一步地走了過來，等到他來到了強光照射的範圍之內的時候，穆秀珍已經看出他是什麼人來了，那是一個中年人，就是剛才勝三郎吩咐他拿攝影機進來的那個人。

那中年人來到穆秀珍的面前，以一種十分異樣的目光注視著穆秀珍，接著，又四面張望了一下，像是深恐他的行動被人發現一樣。

穆秀珍的心中不禁大吃了一驚，心想這傢伙準備幹什麼？

她正在吃驚間，那人已經直來到她的面前，低聲道：「你是穆小姐？」

「是的。」穆秀珍只好回答。

「是木蘭花小姐？」那人又問。

「不是，我是她的堂妹。」

「也一樣，」那中年人說著，又向身後望了一眼，突然取出了一支注射器來。

「你……幹什麼？」

穆秀珍更是吃驚，因為她不知道那中年人剛才所說的「也一樣」是什麼意思。木蘭花行俠仗義，鋤強扶弱，自然得罪了不少歹人奸徒，那中年人是不是木蘭花的仇敵，而找自己來做替死鬼呢？

那中年人卻並不回答，抓起了穆秀珍的右臂，便將注射器中透明的藥液，一起射進了穆秀珍的手臂之中。

他後退了一步，面上的神色十分蒼白，急急忙忙地道：「穆小姐，我姓陸，你絕不能說剛才的事，你說絕沒有看到我，如果有什麼事，你可絕對不能拖累我啊，我……我……」

這人分明是一個十分膽小的人，而剛做了一件超乎他的膽量所能負擔的事。當做這件事的時候，他憑著一股突如其來的勇氣，而當事情做完，勇氣消失之後，他卻又害怕得發起抖來了。

穆秀珍全然不知道那姓陸的是什麼人，他在自己的手背上注射了一針又是什麼意思，以及他為什麼語無倫次地講著話。

她只是眼睜睜地看那中年人一面發著抖，露出極其驚駭的神色，一面迅速地退了出去。

穆秀珍呆了半晌，心想那傢伙對自己總算不像是有什麼惡意，自己倒又嚇出了一身汗來。她一面想，一面不自覺地伸手在額上抹了一下汗。

她手才抹到一半，便陡地一呆，動作也停了下來，她剛才是一動也不能動的，這時如何又可以伸手抹汗了呢？

在那一瞬間，穆秀珍幾乎難以相信這突如其來的幸運，她呆了好一陣，才又揮了揮手，接著，她又站了起來，用力跳了幾下。

她的身子已經完全能活動自如了！

穆秀珍向前走了幾步，飛起一腳，將那架攝影機踢倒在地上。

她直來到了門口，也就在這時，她想起了那中年人臨走時的話，在當時聽來似乎是語無倫次，但如今想來，卻十分有深意！

那人姓陸，當然是木蘭花曾經救過的一個人，所以當他知道自己是木蘭花的堂妹之際，便說「也一樣」，那便是他也一樣要搭救自己。

而他為自己注射的那一針，當然是要消除痲醉藥的性能了，而這個人又膽小無比，他所做的僅止於此，能不能逃出去，還要看自己的努力，如果自己不能逃出去，又落在勝三郎手中的話，那便萬萬不能說出他，而連累他。

穆秀珍想了一遍，已將事情想通，只是她不知道那姓陸的人，究竟曾受過木蘭花的什麼好處而已。

她輕輕地旋動著門柄，將門拉開了一道縫，向外面望去，這才看到，那是一幢洋房的二樓，門外是一條走廊，一道是欄杆，下面則是一個陳設得富麗堂皇的大廳。

就在走廊上，有個人正啣著菸，倚著欄杆而立，若是開門出去，非被那人發現不可。

穆秀珍連忙又將門輕輕地掩上，退回了屋內，拉起厚厚的窗簾，希望由窗口脫身，但是窗口卻全是鋼枝，令得她難以逃生。

穆秀珍已可以自由行動了，但是她卻仍然被困在室內，難以出得去。

穆秀珍呆呆地想了片刻，又將門打開，向外面看去，在走廊中守衛的，仍然只有一個人。

看那個人的情形，也像是毫不介意一樣，一面在噴著菸，一面在打著呵欠，顯然他以為穆秀珍是絕無可能逃脫的。

穆秀珍想了片刻，人躲在門後，卻將門慢慢地拉了開來，等到將門拉開了尺許，她又伸指在門口「トト」地敲了兩下。

走廊外的人呆了一呆，轉頭看來，看到門已被打開來了，他咕噥著，一下子也不知道是在說些什麼，懶洋洋地向前走了過來，到了門旁，握住了門柄，向外一拉。

可是這時候，穆秀珍也拉住門柄，那人一拉，門一動也不動，那人又罵了一句，探頭進來一看。

穆秀珍就是要他探頭進來，那人頭才一伸進來，穆秀珍猛地一推門，門將那人的頸部緊緊地挾住，那人雙睛怒凸，像是一條離了水的金魚一樣，連叫喊聲都發不出來。

穆秀珍舉起手掌，在那人的後腦重重地敲擊了一下，當她再一開門的時候，那人像是麵粉捏出的人一樣，跌進了房來。

由於房中鋪著地氈，那人跌進來時，並沒有發出什麼聲響。

穆秀珍將那人拖了進來，在那人的身上搜了搜，搜到一柄手槍和一柄十分鋒利的匕首。穆秀珍握著槍出了房門，貼著牆站了片刻。整幢屋子中十分寂靜，似乎除了她之外，一個人也沒有。

這時天色已漸漸黑下來了，大廳中並沒有開燈，看來黑沉沉地，穆秀珍迅速地向下走去，她到了大廳中，只聽得一扇門發出了「呀」地一聲。

穆秀珍連忙伏下了身子，躲在一張沙發的後面。

只見那扇門被打了開來，從門中有光線射出，緊接著，「啪」地一聲，整座大廳也大放光明，穆秀珍心頭亂跳，偷偷向前看去。

她看到從那扇門中，走出兩個人。

走在前面的一個，是一個身形高大，面色紅潤的歐洲人，已經略見禿頂了，他身上所穿的是極其名貴的衣服，一望而知是極有身分的人。

而那人的樣子，穆秀珍看來也十分眼熟，她只略想了想，便想到那人是本地一間大銀行的總裁，金融界的巨頭。

而跟在金融界巨頭之後的，則是一個五十上下的日本人，一臉橫肉，殺氣騰騰，他所穿的，竟是一套舊的日本皇軍將官的制服。

兩人一先一後，穿過了大廳，到了大門口，看樣子是那個金融界巨頭準備離去，而那個日本將官則是送他出門口的。

穆秀珍不知道那兩個是什麼人，她這時只想快些脫身，去和木蘭花相會，將自己這一天來的遭遇，詳細說給木蘭花聽，所以也不想多生事。

那兩人到了門口，金融巨頭轉過身來，以十分沉著的聲音道：「閣下絲毫沒有誠意的態度，使我異常失望，我也只是受別人的委託，其實，對方所提出的條件已經相當優厚了，他們是大可以宣布這批紙幣不能流通的。」

「嘿嘿……」日本將官狡黠地笑著：「總裁先生，他們如果不想收回那批紙幣的話，和他們作對的那個國家卻有興趣高價收購，和他們在國際法庭上打官司，我想他們不會不想到這一點的吧。」

金融巨頭的面色十分難看。道：「那我向他們轉達閣下的意見好了。」

「好說好說，慢行慢行。」日本將官居然在門口鞠躬如也地送客。

接著，門口便響起了一陣汽車馬達聲，金融巨頭離去了。

穆秀珍正在想著自己該如何對付那日本將官之際，只聽得一聲日本粗口在大門口響了起來，穆秀珍一怔，還只當那日本將官忽然之間在自言自語地罵人。

可是，當她抬頭向前看去的時候，只見到一個人旋風也似地闖了進來，那人面色鐵青，滿面怒容，正是勝三郎。

他一面衝進來，一面仍在不斷地罵著，那日本將官瞪了他一眼問道：「什麼事？追回來了麼？。」

勝三郎怒道：「這賤人在胡說八道！」

他一面說，一面已向樓梯上衝了上去。

穆秀珍看到他那種凶神惡煞的樣子，不禁心驚肉跳，心想如果自己的身子還不能動彈的話，那不知會有什麼可怕的後果。

她看到那日本將官也跟了上去，大廳中並沒有人，她連忙趁此機會站起身來，向門口衝去，可是她才衝出了幾步，便看到人影幢幢，似乎有許多人向前湧來。

穆秀珍吃了一驚，不敢再向前去，一個轉身，閃進了橫門之內的一個橫廳中。那橫廳中的陳設，古色古香，全是十分巨型的傢俬。

穆秀珍剛一進了橫廳，便聽到門口人聲嘈雜，又聽得勝三郎的怪叫聲。幾乎在不到一分鐘的時間之內，大廳中已全是人了。

穆秀珍四面看了一下，知道自己已沒有機會衝出去了，她在一個巨型的書櫥之後躲著不動，並且輕輕地扳開了手槍的保險掣，準備如果有人進來搜她的話，那麼她就只好和敵人硬拼了！

大廳內人聲嘈雜，可是那橫廳卻像是十分重要的地方，雖然門半掩著，卻並沒有人進來。

過了半晌，才見到那日本將官和勝三郎兩人走了進來，「砰」地一聲，將門關上。

那日本將官滿面怒容，道：「如果追不回來，什麼都沒有用了，我們手中沒有了王牌，怎和人家提條件？哼，你的計畫都行不通，你所用的人，全是混蛋，不中用的傢伙。」

勝三郎面色鐵青，道：「別忘了，這件事是我最先動出來的腦筋。」

那日本將官陡地揮起手，向勝三郎的面部打了上來，可是勝三郎卻立即一伸手，抓住了那日木將官的手腕，用力一摔，將那日本將官摔在地上，而勝三郎則迅疾無比地從褲腳的一個秘密袋中，抽出了一柄匕首來，大聲道：「從今天起，一切由我來指揮了！」

他手中的匕首向下猛地刺了下去，那日本將官一聲也未曾出，咽喉中鮮血汩汩而流，已經斷了氣。

勝三郎揚起頭來，面上那種狠毒的神情，令得穆秀珍畢生難以忘懷！

剛才進來的是兩個人，穆秀珍怕自己一個人難以對付得了，如今有一個已死在勝三郎的刀下了，穆秀珍的膽子也頓時壯了起來，她一步跨了出來，手中的槍揚了一揚，道：「舉起手來！」

勝三郎本來是注視著地上死去的上司的，但穆秀珍的話一出口，他陡地抬起頭來。

「手舉起來！」穆秀珍再一次斷喝。

勝三郎慢慢地舉起手，突然之間，他手中的匕首「刷」地一聲，向前飛了過來，穆秀珍一低頭，匕首就在她的頭頂掠過。

而在她一呆之間，勝三郎的身子向前直衝了過來，穆秀珍一時之間，竟忘了她手中有著可以使勝三郎立時斃命的武器。

也幸而是如此，穆秀珍才不致遭受不幸！

因為這時候，穆秀珍縱使開槍擊斃了勝三郎的話，她的槍聲也必定驚動他人，她一個人，是萬萬難以脫得了身的。

5 線索

當時，她一見眼前人影一閃，勝三郎已向前撲了過來，她握著槍的右手，向前猛地揮去。

由於她手中握著一柄槍，所以她的拳頭也變得分外地硬，她一拳「砰」地一聲，正擊在勝三郎的腹際。

勝三郎受了這樣沉重的一擊，悶哼了一聲，立時彎下腰來，穆秀珍一抬腿，膝蓋又重重地撞在勝三郎的下頜上，勝三郎仰天跌倒。

穆秀珍得意洋洋，道：「站起來！」

勝三郎掙扎著站了起來，穆秀珍又道：「轉過身去，你要駕車送我出去，若是你再敢和我作對的話，我絕不會放過你的。」

勝三郎的面色鐵青，望著穆秀珍手中的槍，一拐一拐地走到了門口，打開了門。門才打開，穆秀珍也不禁大為緊張起來。

在大廳中的大漢，不下七八人之多！

他們每一個人的視線，都集中在穆秀珍的身上。

穆秀珍吸了一口氣，手中的槍向前伸了一伸，道：「走！」她槍口離勝三郎的背部只有寸許。

勝三郎一聲不出，向前走著，大廳中所有的人，全部都和石像一樣，一動也不動。

穆秀珍來到了大門口，才轉過頭來，道：「勝三郎是你們的首領了，你們若是亂動，那你們將失去首領，你們可明白麼？」

大廳中沒有人回答她，她押著勝三郎出了大門，走下石階，來到了黑暗的花園中。

如果穆秀珍有著未卜先知的本領，那麼她這時一定不會只求離去的，但是她卻絕無法知道未發生的事情，所以她在押著勝三郎上了一輛車子，駛出了里許之後，便將勝三郎推出了車子之外！

穆秀珍駕著車，風馳電掣地向前而去，她的心中，實是覺得難以形容。

因為她這次盜窟歷險，雖然差一點受到侮辱和失去了性命，但是卻得到了許多寶貴的線索，她甚至在盜窟中見到了銀行總裁，金融界的巨頭！

穆秀珍在想像看見了木蘭花之後，自己應該如何賣賣關子，好讓木蘭花也心急一下！

可是，當她到家之後，家中亮著燈，木蘭花卻不在家中。

木蘭花那時是到警局去了，但穆秀珍卻不知道！而她們兩人，一個到達，一個離去，前後只不過相差五分鐘的時間。

如果木蘭花遲五分鐘離開家，那麼她在見到了穆秀珍的銀手鍊之後，也就不會傷心，也不會到中央大廈去，更不會進入對面的那幢大廈，而在那陣奇異的香味之中昏迷過去了。

這一切，都可以說是冥冥中注定的，木蘭花不在家中，穆秀珍滿懷高興，不免打了一個折扣，她洗了一個淋浴，倒在床上，等著木蘭花，不多久，她竟已進入夢甜之鄉了。

當穆秀珍在盜窟歷險的時候，木蘭花在家中焦急地等待著她。而今，木蘭花正在為她的「死亡」而傷心，想要為她報仇，她卻在家中酣睡，這一點，是木蘭花和高翔兩人萬萬想不到的！

木蘭花和高翔兩人在那間房間中昏迷不醒之後，連他們自己也不知過了多久，木蘭花才首先有了知覺。

她的第一個感覺便是出奇地陰冷，那種陰冷的感覺，令得她不由自主地縮成了一團，她剛有了知覺，神智還是在半昏迷的狀態之中。

她的腦細胞開始活動，她拚命地思索著：自己怎麼會感到冷呢？自己是在什麼地方？是在日本北海道滑雪，失足跌下了懸崖，陷進了冰洞麼？當然不是，那麼又是什麼呢？

陡然之間，木蘭花想起了一切！

她記起了自己是如何昏迷的，以及昏迷之前所發生的一切事情。

也就在這時，她睜開了眼睛。

她首先看到的，是在她身邊的高翔。

高翔的身子也縮成了一團——那是每一個人在寒冷的環境之中，自然而然的反應。

高翔閉著眼睛，但是他的眼皮卻在跳動，這說明他已經從全昏迷狀態之中醒了過來，到了半昏迷狀態之中了。

木蘭花先不去理會他，只是打量四周圍的情形。

她看到了黯淡光線的來源，那是一盞在天花板上，周圍鑲著鐵絲網的燈泡。

她也看到了那是一間空無所有的房間，房間很大，約莫有十呎寬，三十呎長，她更看到了四面牆壁上，全是白花花的冰霜，整間房間之中充滿了絲絲的寒霧。

木蘭花站了起來，她又看到了那扇有著複雜裝置，要從外面才能打開的門。她已經知道自己是在什麼地方了，那是一個冷凍庫！

她和高翔兩人被人放在一個冷凍庫中！而根據冷凍庫四壁上厚厚的冰層看來，這裡的溫度，顯然是在攝氏零度之下。

在那樣的溫度之下，穿了皮裘來吃蒙古烤肉，當然是再好不過的事情了，但是這時候，木蘭花卻只是穿著秋裝，那感覺可大不好受了。

她跳躍著身子，來到了門旁。

她知道自己是多此一舉，冷凍庫的庫門堅如磐石，她用力搖了一搖，動都不動。

當她轉過頭來時，高翔也已經睜開了眼睛，他失神地四面望著，道：「怎麼一回事？我們是在什麼地方？」

木蘭花苦笑了一下，道：「你還看不出來麼？這是一個溫度在攝氏零度以下的冷凍庫！」

高翔一個翻身站了起來，他和木蘭花兩人都是受過十分嚴格的東方武術訓練的人，但是在這樣寒冷的環境之中，他們也抵受不住。

高翔一站了起來之後，便忍不住不斷地跳動著，以藉此取暖。

他臉上帶著恐怖的神色。道：「蘭花，我們要快些設法，要不然，我們會凍死在這裡的。」

在那種冰冷的空氣之中，高翔的聲音聽來像是充滿了絕望，使木蘭花的心中更增加了幾分寒意。

她並不出聲，因為她知道高翔的話是對的，如果不設法離開這裡的話，他們是會凍死在這裡的！

「你在門上用力敲打，看看是不是能引起外面人的注意。」木蘭花吩咐著，她自己則保持著鎮定，用銳利的眼光四面觀察，尋找著別的生路。

高翔來到了門前，不斷地用拳頭敲打著冷凍庫的鐵門。在寒冷的空氣之中，他敲打鐵門所發出的聲音，顯得十分清脆。

木蘭花的眼光，在結著堅冰的牆壁之上慢慢地移動著，等到她發現，那間冷凍庫除了那扇鐵門之外並無別的出路之際，已經過去了二十分鐘了。

在這二十分鐘之中，高翔和木蘭花兩人雖然誰都不說話，但是他們心中都知道，冷凍庫中的溫度正在迅速地降低中。

從他們口鼻之中噴出來的白氣更濃，他們的眉毛上，都已結滿了白花花的冰珠，高翔已沒有法子再敲打鐵門了，因為他的手指僵直，發紅，如同有幾千幾萬根針在同時刺著一樣，使他不得不雙手互相磨擦。

高翔轉過身來，木蘭花的面色蒼白得可怕，但是卻並不驚慌。她來到了門前，道：「你身上可有什麼工具？一齊拿出來，我來……想辦法。」因為過度的寒冷，木蘭花在講話的時候，聲音也禁不住在發顫。

「我……我……」高翔的聲音比木蘭花顫得更厲害：「我……鞋跟中有……小刀和小鑿子！」

木蘭花低頭向高翔的足部看去，她不禁苦笑，高翔的鞋子並沒有後跟！當然他的鞋子是應該有後跟的，如今沒有，那便是說，在他昏迷的時候，他的鞋後跟被人拆走了。

那也就是說，令他們昏迷的人，將他們放在這座冷凍庫中，那是一項有計劃的行動，目的則是要他們凍死在這個冷凍庫中！

在他們昏迷的時候，對方大可以輕而易舉地將他們殺害，而對方不這樣做，卻將他們關到了這個冷凍庫中，那說明這個冷凍庫是和對方沒有關係的，那麼在他們死了之後，經過種種推測之後，可能被認為是一件意外，那麼，實際上謀殺他們的人，便可以置身事外了！

木蘭花一層一層地推想著，得出了如上結論。同時她也想到，這座冷凍庫既然和存心謀害他們的人無關，只不過是被利用來作為謀殺的工具，那麼，如果他們弄出聲響，引起外面的人注意的話，那是一定可以使人家來救他們的了。

木蘭花一想及此，回頭向高翔看去，卻看到高翔已經蹲在地上，不再動彈。在有被凍死的可能之下，身子一動不動，那是最危險的事情。

木蘭花連忙叫道：「站起來，別蹲著！」

「我……」高翔打著顫，勉力站起來，他忽然一挺胸，道：「蘭花，我……將我身上的衣服給你，那麼……你可以支持一會。」

木蘭花望著高翔。好一會說不出話來。

木蘭花和高翔，由不相識到相識，開始是敵人，後來是朋友，這中間又經歷過許多波折，木蘭花始終十分欣賞高翔的才幹。

她敏銳的少女心靈，當然也可以感覺到高翔對她的感情十分特殊，但是人類的感情是最複雜的，欣賞和友情絕不等於愛情，所以木蘭花始終對高翔保持著一定的距離。

這時候，高翔一面說，一面真的動手去脫他的西裝上衣，由於他的四肢已經凍得僵硬了，他的動作也變得十分生硬。

木蘭花只覺得眼眶之中十分潤濕，高翔的這種行動使她感動，她連忙走向前去，伸出一隻手，放在高翔的肩上，道：「別傻，我們既然一齊遇難，當然要一齊脫險，如果你脫下衣服，那就一定要凍死了。」

「我……已經忍受不住……了……」

「不，你一定得忍受下去，你繼續去敲門，手敲不動，用腳踢，腳踢不動，用頭撞，要用一切的方法使人注意……」木蘭花一口氣講到這裡，才略停了一停，從她的口中噴出了一股白色的、厚厚的寒霧來。

她的手始終按在高翔的肩上，而她鎮定的眼光也一直望著高翔。

她的手，她的眼光，都給高翔以極大的鼓舞力量，而且使高翔感到，她的話是難以違抗的。高翔默默地點了點頭，轉過身去。

「唉——」木蘭花嘆了一口氣：「我們不必怕說，如果溫度再繼續低降的話，那麼我們都……得凍死在這裡了！」

高翔到了鐵門旁，回過頭來，向木蘭花望了一眼，又開始將那扇鐵門當作敵人，竭力地攻擊著，發出「砰砰砰」的聲音。

木蘭花一面奔跑著，一面在迅速地轉念。

她在奇怪何以那麼久還未有人注意到冷凍庫中有人被關著？當然，這多半是由於這座冷凍庫久已沒有人使用之故。

如果是這樣的話，那麼自己當真一點生路也沒有了！自己竟會死在這暗無天日的冷凍庫中，成為一具名副其實的「殭屍」麼？

木蘭花一想到這裡，只覺得寒冷的空氣如同利刃一樣在刮著她的身子，她不由自主地抬頭，向天花板上那個用鐵絲網圍住，至少也不會超過十五伏特的燈泡望了一眼。

而就在那一望之間，她的心中陡地一亮！

這間冷凍庫的溫度會變得如此之低，那當然是由於冷凝機器在不停地工作的結果，而發動機器是要用電的，如果她能截斷電流，使得機器不再工作，那麼冷凍庫中的溫度便會漸漸地上升，絕不會再繼續低降。

雖然他們仍不能出冷凍庫去，但是凍死在這裡的可能性總已大大地減少了！

她有什麼法子截斷電流呢？

如果那燈泡的用電和冷凝機器的用電是同一線路來的，她就有這個可能，她可以造成短路，使得電表中的保險絲燒斷，從而截斷電流。

如果那燈泡的電路和機器的不同，那麼她就只能使冷凍庫內變成漆黑，而不能使冷凍庫內的溫度不再低降，她仍然要凍死在冷凍庫中。

她生存的機會是五十對五十！

木蘭花望著那燈泡約莫半分鐘，這半明不暗的光亮對她來說一些用處也沒有，就算不成功的話，她也至多失去了那光亮，死總是一樣的，如果她成功的話，她就可以求生了！

木蘭花連忙道：「高先生，你過來。」

高翔踉踉蹌蹌地走了過來。

木蘭花道：「你站穩了，我將站在你的肩頭，如果我成功了，那麼我們就可以有希望逃生了。」

「你想……做什麼？」

「我想造成電流短路，截斷電流。」

高翔本來已經充滿了絕望的眼睛之中，閃起了一絲希望的光輝，他「啊」地一聲，道：「好辦法，這真是好辦法。」

「可是你別高興得太早，如果燈泡的電流不是同一個電表來的，那仍然沒有用的。」

「我們……是在賭命運了。」高翔的聲音仍然在發抖。

木蘭花身子一縱，便站在高翔的肩頭之上，她伸手用力將鐵絲網拉了下來，僵硬的手指因為鐵絲網的勾勒而迸出了鮮血來，她取出了一雙薄膠手套。

如果沒有這種膠手套，這個辦法也就行不通的。這種膠手套，平時木蘭花是用來作為避免留下指紋之用的，想不到這時卻可以用來作為絕緣體，避免觸電之用。

木蘭花先將鐵絲網拆開，取下兩股鐵絲，再除下電燈泡。

冷凍庫內，立時變成一片漆黑。

木蘭花手中的鐵絲向上探索著，她在這樣做的時候，十分辛苦，因為承擔著她的高翔，身子在不斷地晃動著，而她自己的手指又凍得幾乎連手中的鐵絲都把握不穩。

但是她終於做到了將兩股鐵絲一齊碰到了電燈頭，鐵絲碰到了電燈頭之後，「啪啪」有聲，爆出一股藍色的火花來。

木蘭花的手抖得很厲害，她將兩股鐵絲碰在一起，「啪」地一聲，爆出來的火花更其耀眼，但那火花卻只是一閃，便自熄滅。

就在這時候，高翔也支持不住了，他的身子向前一側，木蘭花也跟著跌了下來。

木蘭花倒地即起，她一站起來便感到不同了。

當然，絕不是說冷凍庫中的溫度在半分鐘之內起了什麼變化，而是她感到本來有的一種輕微震盪，這時停止了！

木蘭花呆呆地站著，一時之間，她高興得一句話也說不出來。

她成功了！她截斷了電流，保險掣燒斷了，機器也停止了，這一切，她都可以憑細微的不同而感覺出來。

不但她感到了，連高翔也感到這一點了。

兩人在黑暗之中站著，高翔首先叫道：「蘭花，你成功了！」

「我們還要設法離開這裡！」木蘭花顯然並不因第一步的成功而滿足。

「蘭花，」高翔循著木蘭花發出聲音的方向，向前跨出了一步，突然，他將木蘭花緊緊地擁住：「蘭花，你真了不起！」

高翔這突如其來的行動，使木蘭花覺得愕然！

但是木蘭花卻並不責怪他！因為木蘭花知道高翔是沒有惡意的，那不過是他在高興、感激，欽佩之餘的一種自然而然的行動而已，就算自己不是一個美麗的女子，而是一個彪形大漢的話，高翔也會將之擁抱的。

所以，木蘭花只是輕輕地推開了高翔的身子，柔聲道：「高先生，我們且別太高興，我們還有許多事情要做呢。」

高翔立即感到了自己的失態，他鬆開手，向後退了開去，雖然冷凍庫中一團漆黑，但是他還是恨不得有個地洞可以供他鑽下去。

他呆著不出聲，木蘭花又道：「鐵門在什麼地方，你可記得麼？」

「我想我……可以記得的。」

「那麼，」木蘭花伸出了手，說：「請你帶我去。」

高翔握住了木蘭花的手，他心中的窘迫消失了，他帶著木蘭花。摸索著向前走去，到了門旁。

這時候，冷凍庫中的溫度仍不是人所能忍受的，但是他們兩人都知道溫度不會再繼續下降，心理上安定了許多，在這樣的情形下，似乎寒冷也不如剛才那樣難以抵受了。

木蘭花到了鐵門旁，摸到了門縫。

一般冷凍庫的門，和保險庫的門都是差不多的，厚而重，難以自裡面打開。

木蘭花毫無希望地在門上摸索著，她知道寒冷的威脅消除了，但是隨之而來的便是窒息的威脅，只不過她沒有說出這一點來，那是她唯恐因此影響高翔的心理之故。

她在門旁殫智竭慮地思索著，要使自己過人的智慧，戰勝鋼鐵的重門……

穆秀珍是被吵耳的電話鈴驚醒的。

當電話鈴剛在她枕邊的床頭櫃上響起之際，她只是翻了一個身，用枕頭將頭蒙住，但是電話鈴不斷地響著，使她不得不咕噥著坐了起來。

穆秀珍一睜開眼來，便吃了一驚，時間已經是上午十一時了！

穆秀珍叫道：「蘭花姐！蘭花姐！」

她的叫喚聲並沒有人回答，她這才拿起了電話，「咦」地一聲，道：「找什麼人？」

從那面傳來的，竟是兩聲十分陰沉的冷笑，這就先令得她呆了一呆。

接著，一個十分陰沉的聲音便道：「穆小姐，是你麼？」

「是我，你是誰？」穆秀珍沒好氣地反問。

「不要問我是誰，問你自己，可想見到冰凍的木蘭花？」

「什麼？冰凍大木瓜？」穆秀珍剛睡醒，還有些迷迷糊糊的，聽不清楚對方在講些什麼。

「哈哈哈哈，」那面又陰陽怪氣地笑了起來，道：「不是大木瓜，是木蘭花，凍僵了的木蘭花，和凍僵了的高翔！」

這一會，穆秀珍聽清楚了，她猛地跳了起來，問道：「誰，你是誰？」

「哈哈，」那聲音聽來更是陰森：「你到已結束營業的安信倉庫的冷凍庫去，就可以發現他們了，早安，穆小姐！」

穆秀珍還想再說什麼，可是「卡」地一聲，那面已將電話掛斷了。

穆秀珍呆了片刻，連忙打電話到警局去找高翔，聽電話的是方局長，首先驚訝穆秀珍未死，接著告訴她，高翔昨天午夜和木蘭花一起離去，至今未歸，警方只知道他們到過中央大廈爆炸現場，運來了一根磅桿，至於他們又到什麼地方去了，何以未歸，卻不知道。

穆秀珍苦笑著道：「局長，他們現在可能凍僵了。」

「凍僵？」方局長也不明白。

穆秀珍催促道：「別多說了，快派人到安信倉庫的冷凍庫中去找他們，我也去！」

方局長在電話中「喂喂」地叫著，可是心急的穆秀珍早已將電話掛上了。

穆秀珍和方局長迅速地行動著，兩人幾乎是同時趕到安信倉庫。

安信倉庫本來是一個十分大的倉庫，但因為管理不善，結束營業已有許久，連看守的人也沒一個，穆秀珍和方局長同時趕到，方局長還帶著許多人。

穆秀珍一見方局長，便大聲問道：「冷凍庫在哪裡？他們現就在冷凍庫中。」

「穆小姐，你——」方局長是想問，她是怎麼知道的。

可是穆秀珍不等他問出來，便急急地揮著手，急道：「快，快去找，找到了再說！」

方局長帶來的一批幹探立時展開了搜索，不到十分鐘，他們便找到了冷凍庫的鐵門。

當他們數人合力旋開冷凍庫的厚鐵門之際，一股冷風迎面湧了出來，令得他們人人都打了好幾個寒噤。

穆秀珍分開了眾人，衝向前去，哭叫道：「蘭花姐，蘭花姐，你真的凍僵了麼？」

方局長跟在她的後面，道：「穆小姐，你別難過，蘭花如果真的凍僵了，她也不會回答你的，你還是不要哭叫的好。」

穆秀珍仍在嚷叫，一面還要回答方局長：「我哭叫干你什麼事？都是你們，將她拖進了和匪徒爭鬥的漩渦中，要不然，她會出事麼？」

「唉，」方局長急急分辯：「這一次真的不干我們的事，她以為你在爆炸中犧牲了，所以要為你報仇——」

方局長講到這裡，陡地停止。

而穆秀珍的叫嚷聲也停了下來。

鐵門大開，光線透入，冷凍庫內的情形看得十分清楚：四壁的堅冰已在融化，而地上除了一個燈泡外別無他物，不要說有什麼凍僵了的人！

穆秀珍立時破涕為笑，「嘻」地一聲，道：「方局長，我們被人家捉弄了！」

方局長究竟比穆秀珍老成得多，他知道在結束營業多時的冷凍庫中，是絕不會有冰的，而這間冷凍庫分明曾被使用過，那麼事情便絕不會只是「被人捉弄」那樣地簡單了。

他轉過頭去，命令道：「繼續檢查，是不是還有第二座冷凍庫！」

方局長的話，令得穆秀珍陡地吃了一驚，剛才的一團高興立時化為烏有，重又哭喪著臉，道：「對，快去找，快去找——」

她才講了兩句話，忽然又住了口，向前走出幾步，停在牆腳下。

在牆腳下，有一條褲帶，那條褲帶是以極細的金屬線編成的，在帶子的扣上，有一個英文字母「Ｋ」字。

穆秀珍認得出，那是高翔的東西！

她整個人都僵住了，好一會，她才重新四面看去。高翔的東西在這裡，那證明高翔的確曾經到過這個冷凍庫，那麼如今他人呢？

穆秀珍急得一點主意也沒有，她甚至沒有力量出聲叫方局長。

但是，不必穆秀珍出聲，方局長也已經看到了那條褲帶了，他腳步沉重，走到了牆腳下，彎腰拾起那條褲帶來。只見帶上還沾著些血漬。

方局長一聲不出，他和穆秀珍兩人心中全都充滿了難以解釋的疑問，他們不知道高翔和木蘭花兩人到什麼地方去了。

這裡的溫度是如此寒冷，雖然打開了庫門，走進來之後，仍然把不住發抖，如果被囚禁在內的話，絕對會凍死，但即使高翔和木蘭花兩人被凍死了，他們又怎會失蹤呢？

方局長站著發呆，穆秀珍則呆了一會之後，突然雙手握拳，用力敲打著牆壁，牆壁上本來已在漸漸融化的冰層，紛紛落了下來。

穆秀珍一面打，一面叫著木蘭花的名字。

「穆小姐，」方局長只得勸著她：「你別哭，蘭花會安全的。」

「她已經凍死了，你還說風涼話？」

「唉，如果她凍死了，那麼現在她人呢？人在什麼地方？我想她一定是已經脫險了。」

「脫險？如果她被關在這冷凍庫裡，她怎麼能夠脫險？」穆秀珍反問。

「那個……」方局長也沒有法子回答。

正在這時候，只見一個高級警官急匆匆地走了進來，他手中執著一具無線電通話器，一面走進來，一面叫道：「方局長，高主任已回到了警局，他要和你通話。」

穆秀珍不等方局長有所動作，便陡地向前跨出了一步，在那高級警官的手中將那具通話器搶了過來，只聽得高翔的聲音傳了過來，道：

「方局長嗎？我是高翔。」

「不是，我是秀珍，蘭花姐呢？蘭花姐要是凍僵了，我不會放過你的。」

「秀珍，你沒有被炸死，我又怎會凍僵呢？」

從通話器中，傳來了木蘭花安詳的聲音，穆秀珍高興得怪叫了一聲，直跳了起來，將手中的無線電通話器向地上猛摔了下去！

那高級警官和方局長兩人連忙想去搶救，可是哪裡還來得及，「叭」地一聲，那具袖珍的無線電話早已摔成粉碎了！

「穆小姐，你——」那高級警官想要責問。

可是穆秀珍不等他講完，便又強詞奪理地道：「怕什麼？他們在警局，我們趕快去和他們見面就是了，還要這東西幹什麼？」

那高級警官乾瞪著眼睛，難以回答。

方局長和穆秀珍兩人一齊出了冷凍庫，登上車子，穆秀珍不由分說撥動了警號的掣鈕，車子「嗚嗚」之聲大作，風馳電掣向警局馳去！

穆秀珍不斷地催促著要司機快些駛，車子在轉彎中，好幾次幾乎翻倒，一到了警局，穆秀珍跳出車門，便看到了木蘭花！

她跳上去，兩人緊緊地抱在一起。

她們分別了只不過一日夜，但是在這一日夜中，兩人都由生到死，由死到生，這時重見了面，當真有恍若隔世之感。

穆秀珍在不斷地笑著，可是她卻流淚滿面，那是因為心情太激動而流的淚。木蘭花的感情深藏不露，但是在如今這樣的情形下，她的眼睛也不免有些潤濕。

「蘭花姐！」好久，穆秀珍才叫了出來：「你們是怎麼從那冷凍庫中逃生的？」

「沒有什麼，」木蘭花淡然地回答：「我們先造成短路，截斷了電流，使冷凝器停止工作，接著，由於幸運，我們發現了一道小門——那是高翔拼命以皮帶敲擊牆上的冰層，使冰層脫落後發現的，那道小門是推貨物進來用的，我們從小門中爬了出來，就是這樣子了。」

整個事情，在木蘭花說來，十分輕描淡寫，好像是小孩子在玩捉迷藏遊戲一樣。但是實際上，她和高翔兩人在冷凍庫中和死神搏鬥，若不是憑著超人的急智，先截斷了電流的話，在致命的寒冷之中，他們的意識早就消失，自然也根本不能發現那道小門了。

冷凍庫中有小門。他們發現了這道小門，那是幸運，然而幸運——任何幸運卻並不是平白無故地從天上掠下來，而是他們在經過了艱辛的鬥爭，運用了智慧之後才得到的。

「秀珍，你呢？你怎麼沒有被炸死？」木蘭花敷衍著穆秀珍，關切地問。

「啊，那說來可話長了！」穆秀珍得意地笑了起來。

「是的，說來可話長了，我們到裡面去說如何？」方局長提議。

「好。」木蘭花點著頭，和穆秀珍手挽手地向裡面走去。

他們到了警局的機密會議室中，穆秀珍便將她從發現那牙醫事務所的卡片起，直到她去到中央大廈，逃脫之後，又為勝三郎所擄，幾乎受了侮辱，終於在一個人的救助之下逃脫，還在盜窟之中見到了本市金融界的巨頭一事，詳詳細細地講了一遍。

當穆秀珍在講述的時候。所有的人都一聲不出。並不打斷她的話頭。

「蘭花姐，」穆秀珍在講完之後，方始問道：「那個人是誰，他為什麼要救我？」

木蘭花抱歉地笑了笑，顯然她也記不清那是誰了。

「好人有好報，」方局長感動地說：「那人當然是曾經受過穆小姐幫助的人，穆小姐行俠仗義的事蹟太多了，當然也不能完全記得了。」

「方局長，你別捧我堂姐，你和高翔還抓過我們哩！」穆秀珍毫不客氣地提起舊事來。

方局長和高翔兩人大是尷尬，將話題岔了開去，高翔忙道：「照穆小姐的話來看，杜鬼臉的死，似乎關係還十分重大哩！」

方局長也道：「是啊，怎麼會將金融界巨頭也牽涉進去了呢？我看這件事，當真非同小可。」

穆秀珍道：「當然，只怕那個巨頭也不是好東西。」

三人你一句我一句地說著，只有木蘭花，已經站了起來，在慢慢地踱步，沉思著，一言不發。

三人討論了片刻，覺得頭緒雖多，但是卻還十分混亂，講不出一個所以然來。

他們不再言語，一齊向木蘭花望了過來。

木蘭花又踱了片刻，才站了下來，雙手按在會議桌上，道：「照我看來，這件事的焦點，就是在殮房中十四號停屍箱中的屍首的兩顆門牙上。」

方局長等三人相顧愕然。

木蘭花續道：「我們假定那人的兩顆牙齒並不是假牙，但是卻經過鑽空，在牙齒的孔中藏著什麼極之重要的秘密。」

穆秀珍忍不住插口道：「蘭花姐，牙齒中能藏下什麼秘密？」

「什麼秘密我還不知道，但是超微粒的攝影，可以將一封情報上的文字，縮成只有一個標點符號般大小，那麼，挖空了的牙齒，便等於是一個文件櫃了，因為勝三郎等人活動的據點之一是一個牙醫事務所，所以，我想我這個推想是合理的。」

三人一齊點了點頭，表示同意。

「那個人牙齒中藏有重大的秘密，當然是負有特殊任務的，可是他的任務未能完成便突然橫死了，他是怎樣死的，警方可有記錄？」

方局長和高翔兩人，神色十分尷尬。

因為在公共殮房的怪事發生了之後，他們的注意力只放在杜鬼臉的身上，第二重心是去追尋那失了蹤的死屍，根本就未曾注意到那個被人拔了兩顆牙齒的人，直到這時，他們才知道原來他們認為不重要的人，竟是最重要的線索。

高翔忙道：「我們立即去查，立時可以有答覆的。」

木蘭花點了點頭。

「我推斷他是橫死，且等有了結果之後再說下去，因為這一個推斷若是不準，以後的推測當然也不準了。」

高翔匆匆地走了出去，會議室中的三個人全不出聲，不到四分鐘，高翔便走了進來。

「那人身分不明——」高翔第一句話說。

「他是怎麼死的？」穆秀珍問。

「他死於車禍。」高翔第二句話說，他一面說，一面望著木蘭花，表示嘆服。

木蘭花卻只是淡然一笑，道：「如此說來，我的推斷沒有錯了，那人突然橫死，他所負的任務中斷，可是那秘密卻還在他的身上！」

「勝三郎等人自然立即知道那人橫死了，也知道橫死的人一定會被送到公共殮房中，等候剖驗，他們急於取回那秘密，於是他們想到了杜鬼臉，杜鬼臉是慣竊，手法高妙，各位是知道的。」

「杜鬼臉準備去偷最奇怪的東西！死人口中的牙齒，他當然也不知道究竟是為了什麼，只不過勝三郎許他以高酬而已，但是杜鬼臉卻感到奇怪，所以他便來見我，希望我能解釋他心中的疑團。」

「可是你卻不在！」高翔接口道。

「是的。」木蘭花點了點頭，「我不在，他沒有見到我，便帶著疑團去行事了，但是他卻留下了線索，看樣子他事先是有些預兆的，結果他真的死在公共殮房之中了！」

「那麼，他又是怎麼會死的？」穆秀珍等三人，異口同聲地問。

6 內鬼

「他是被人殺死的，殺死他的人，就是三十四號屍箱內的那個死人！」木蘭花回答得十分肯定。

一直在津津有味聽著木蘭花敘述的三個人，這時不能不愕然了，死人怎麼會殺人呢？而且那個死人已不見了，莫非那是殭屍，這當真荒誕了！

木蘭花自然看出三人心中的疑問，她笑了笑，道：「那死人當然不是真死，他只不過是經過了極高明的催眠術的一個人，他在經過這種催眠術施術之後，身子僵硬，呼吸等於零，心臟幾乎停止不跳動，看起來九成九是一個死人，一馬虎就會給混過去的。」

「但是，他卻和死人不同，到了一定時間，他是會醒來的。」

「他的目的，或者說他們的目的，也是在那兩顆牙齒，可以說，那個牙齒中有秘密的人，就是他們用車撞死的，他們撞死了那人，然後，再將另一人催眠，當作死屍進了殮房，等那人醒來之後，便可以神不知鬼不覺地將牙齒偷走了。」

「我明白了。」高翔接了下去：「當那人醒來的時候，杜鬼臉也恰好在殮房中。」

「當然是那樣，杜鬼臉突然看到停屍箱中有人站了起來，心中的吃驚可想而知，尤其是他剛殺了看守員，而那剛從箱中站起來的人，看到了杜鬼臉，其吃驚程度，也是可想而知，因為杜鬼臉是戴著面具的。」

「而杜鬼臉不夠機警，他們兩人一定對峙了許久，而那人先自驚愕中恢復過來，下手將杜鬼臉殺死，帶著那兩顆牙齒走了。」

「勝三郎他們沒有得到牙齒，勝三郎甚至以為這兩顆牙齒是落到了我們的手中，所以他才會用卑鄙的手段，向穆秀珍逼問牙齒下落的。」

木蘭花的話，講到這裡，告了一個段落。

三人好半晌不出聲，他們都在仔細地回想著，木蘭花的推斷，當真可以說得上處處合榫，合理合情，和事實絕不會相去太遠！

「那麼，」三人之中，方局長最先發言：「那兩顆牙齒究竟是落到了什麼人手中呢？」

「這一點我還不知道，我們和勝三郎方面鬧了個翻天覆地，但是得到了兩顆牙齒的人，可能正在暗中譏笑我們哩！」

「事情確實十分複雜。」高翔嘆了一口氣，「我看，我們還得請那位金融界的巨頭合作才是。」

「這就要請方局長親自出馬了。」木蘭花向方局長望去。

「這個……」方局長抓了抓花白的頭髮：「他是極具身分的人，我們是不能強迫他的。」

「不要緊，」木蘭花道：「我可以當作你的女秘書，和你一起前去。」

「那再好也沒有了！」方局長如釋重負。

「還有一件事，高主任，你難道忘了麼？」木蘭花轉問高翔。

高翔眨了眨眼睛，他顯然是忘了。

「那根磅桿！勝三郎不捨得落在別人之手，特地派人到中央大廈爆炸現場去取回來的磅桿，這其中一定藏著極度機密，我們叫人帶回警局來了，在什麼地方？」

「噢！」高翔拍著額角：「我的記憶力太不濟了。」他按動叫人鈴，一個警員走了進來，吩咐道：「杜鬼臉案第一號證物，快去取來，是三〇七巡邏小隊帶回來的。」

「是！」那警員答應了一聲，便走了出去。

不一會，那警員抱著這根磅桿走了進來，將之放在會議桌上，又退了出去。

木蘭花、穆秀珍等四人一齊向那根磅桿看去，木蘭花一面看，一面道：「我相信這根磅桿當中一定是空的，其中一定——」

她才講到這裡，高翔突然叫道：「且慢，這是什麼？你們看！」

他的手指，指著一根極細極細，只不過像頭髮一樣粗細的鉛絲，是從磅桿接合處的一道縫中露出來的。

「這是什麼？」木蘭花等三人同聲問。

「快出去，咱們快出去！」高翔的面色都變了，他拉住了方局長，向外便闖。

木蘭花和穆秀珍兩人互望了一眼，這一次，連木蘭花也不明白高翔是在弄些什麼鬼，但是她還是和穆秀珍一起退出了會議室。

在走廊中，木蘭花問道：「高主任，發生了什麼事？」

「有人想謀殺我們。」高翔尖聲說。

「會議室中並沒有人啊。」穆秀珍幾乎以為高翔是神經錯亂了。

「那根磅桿，我敢肯定那根磅桿中藏有無線電遙空控制爆發的炸——」

高翔只講到一個「炸」字，只聽得會議室中，已傳來「轟」地一下爆炸聲。

那一下爆炸並不猛烈，但是也令得已經關上的會議室的厚門彈了出來。會議室中濃煙四冒，附近的玻璃也震破了不少。

從每一間房間中，都有人奔出來。

方局長嚴厲地下著命令：任何人都回到自己的工作崗位上去，不得擅離！紛擾的人群在不到五分鐘內便已散清。

而這時候，他們也可以看清爆炸之後，會議室中的情形了。

那根磅桿根本已不再存在，而整張桃花心木的會議桌也已四分五裂，牆上有好幾道裂痕。天花板幾乎穿洞。

爆炸不算猛烈，但如果他們四個人在會議桌附近的話，那麼當然也已經粉身碎骨了。

四人一個接一個地走進了會議室，呆了半晌，木蘭花才道：「高主任，你救了我們的性命。」

「那不算什麼，」高翔抹著汗：「你救我的次數太多了。」

「你是怎麼知道有危險的呢？」穆秀珍用欽佩的眼光望著高翔，這使高翔十分高興，因為他知道為了這件事，至少使穆秀珍不會再提起上次市長夫人失寶，他捕捉她們兩人的事情來了。（那件事，請參閱〈太陽之女〉一文）

「那也可以說是我們命不該死。」高翔解釋著：「我看到了那股銀絲，我認得出，這是高級無線電器材，只有極其精密的無線電裝置上才用得著，我起先還以為那是磅桿中藏著一具無線電收發報儀，但我立即想起，如果是的話，勝三郎一定不會為了一具收發報儀而來冒險竊偷的。」

高翔講到這裡，吸了一口氣，神情略現得意，又道：「於是，我便想到，磅桿中藏的一定是用無線電控制觸發的東西，勝三郎要害我們，當然最好是藏著烈性炸藥，總算給我料中了。」

「佩服，佩服。」高翔是方局長的下屬，這次高翔識穿了機密，方局長覺得自己與有榮焉，是以他特地將聲音提得很高。

「的確佩服，」木蘭花也稱讚著高翔：「但是要殺害我們的，卻不是勝三郎。」

「不是勝三郎？」高翔和方局長兩人異口同聲地發問。

「當然不是，第一，如果磅桿中早已藏定了炸藥的話，為什麼在上次爆炸時它竟能安然無恙？」

方局長和高翔兩人面面相覷。

「至於第二理由，那更簡單了，如果要害我們的是勝三郎，他又有什麼法子知道這磅桿正在我們的身邊，而去利用無線電遙控設備，來使炸藥爆炸呢？難道他有千里眼麼？第三、第四的理由還有，但是已經不必再向下說下去了，是不？」木蘭花望著方局長和高翔，等候他們兩人的回答。

兩人睜大了眼，好一會高翔才道：「這是不可能的，磅桿在我們發現之後，一直在警局中——」

他講到這裡，陡地停了口。

他停口只不過半分鐘，立即又道：「蘭花，你的意思是，磅桿是在警局中被人做了手腳？」

「當然是，」這時連穆秀珍也想明白了：「如果不是警局中的人，如何會知道我們四人正在審視這磅桿呢？」

「那是誰，非徹查不可！」方局長怒叫著，一掌向桌子拍去，可是他忘記會議桌早已不存在了，他那一掌太用力，身子一俯，幾乎跌倒！

「這並不難，」木蘭花道：「只消問問剛才那個警員，在他拿磅桿進來時，有誰知道就行了，他大概是當日的值班勤務人員，磅桿由巡邏隊帶了回來，自然也是由他看守的，只要問他好了。」

高翔大聲叫道：「值班勤務員快來見局長。」

只聽得走廊的那頭，傳來了一聲答應，接著便是皮靴的跑步聲，剛才拿磅桿進來的那個警員，跑步奔了過來。

可是，當他到了離會議室門口還有五六碼左右時，他突然停了下來。

由於會議室的門早已因為爆炸而彈了開來，所以那警員的行動，會議室中的四個人看得十分清楚。

一看到那警員停了下來，高翔便喝道：「快，快來！」

只見那警員停了下來之後，面上現出了一種十分滑稽的神情來，像是他感到高翔的命令十分可笑，但是卻又不敢笑出來一樣。

高翔還想呼喝，但是木蘭花突然叫道：「不好！」她一面叫，一面已奔了出去。

當她奔出去之際，那警員一手扶住了牆壁，身子已搖搖欲墜。

而當木蘭花奔到了那警員身邊的時候，那警員「啪」地一聲，已跌倒在地，

木蘭花急問道：「誰，那是什麼人？是誰？」

那警員口唇掀動，從他眼中神情看來，他顯然是知道木蘭花這樣問他是什麼意思的，可是他嘴唇掀動，卻發不出聲音來。

木蘭花連忙將耳朵湊近他的口部。可是，木蘭花只聽到了一下輕微的嘆息聲，除此之外，她什麼都聽不到了。

當她再抬起頭來時，那警員已經死了，他的口唇發紫，指甲發黑，那顯然是中了劇毒。

木蘭花站了起來，默然地搖了搖頭，道：「如今要再查是誰毒死他的，那就

難了，唉，方局長，你管轄的人中，太良莠不齊了。」

方局長又恨又怒，連連頓足。

木蘭花壓低了聲音，道：「但是你不必懊喪，我相信那人，一定就是屬於取到了那兩顆牙齒方面的。勝三郎和金融界巨頭接洽，那一方面得到了牙齒中的秘密，我相信也會去與那巨頭接洽的，我本來準備今晚就去拜謁那金融界巨頭，但如今決定遲幾天去，讓那方面的人先進行一步。」

方局長點點頭道：「對，那我們便可以在金融巨頭口中，知道他們是何等樣人了。」

木蘭花笑了笑，道：「我對我剛才的推測，作一點小小的修正，剛才我說那殺了杜鬼臉的人，是經過了高明的催眠術，偽裝成死人送進殮房去的，現在我知道不是，那人偽裝死人，只消閉住了眼睛就行，因為送他去的是警方的一個高級人員，管殮房的人怎會去查究那人是死還是生呢？」

「啊，那樣說來，在殮房的登記簿中，該有那人的簽名了？」高翔十分興奮。

「不必白費心機了，連人都可以殺了滅口，一本登記簿，那不能毀去麼？我們要回去休息了，兩位再見。」

木蘭花揚著手，拉著穆秀珍便走了出去。

方局長和高翔兩人送到門口，方局長低聲說道：「蘭花小姐，我們什麼時候去拜見那金融界巨頭呢？」

木蘭花想了想，道：「後天早上，好不好？你不必先和他約定，至於警方的內奸，我看你暫時還是不要放在心上的好，因為若是打草驚蛇。那反而不好了。」

一提到警方的內奸，方局長的面上又現出憤然之色來，道：「我知道了，待查出來之後，我一定要親自對付他！」

木蘭花笑了笑，和穆秀珍兩人一齊出了警局。她們的車子也早經警方尋回，兩人上了車，逕向自己家中馳去。

一路上，木蘭花只是沉默不言，直到快到家時，木蘭花才突然問道：「秀珍，你說勝三郎殺死了那個地位比他高的人？」

「是的。」穆秀珍答應著。

「嗯，」木蘭花想了片刻：「那麼，他派人去取回磅桿，在對面大廈中埋伏，這一切，全是他奪到首領地位之後的事情了？」

「我想是的，蘭花姐，你在想什麼？」

木蘭花陡地停下了車子，道：「我在想，他是絕不肯放過我們的，我們在這裡停車，步行回去，以免一回去就入了他的埋伏。」

「你是說勝三郎正在家中等我們？」穆秀珍又是駭然，又是惱怒。

「大有可能，因為他失去了那兩顆牙齒中的秘密，而我相信，他們原來的首領，拒絕了那金融界巨頭的什麼要求，也絕不是條件不合，而是他們的手中沒有了王牌，根本不能答應，勝三郎乃是一等一的亡命之徒，他肯就此干休麼？」

「蘭花姐，他們究竟是在爭奪什麼啊？」

「我已經說過，我也不知道，」木蘭花攤了攤手。「這件事，只要那金融界巨頭，銀行總裁肯合作的話，我想是不難真相大明的。」

「唉，最好現在就去見他！」穆秀珍是心急的人，恨不得立時就明白其中的因果。

木蘭花微笑著，她心中又何嘗不想快些知道，但是她卻要先讓警局內奸去見金融界巨頭。因為唯有如此，才能確實地獲知那內奸是什麼人！

木蘭花將車子駛進了路旁的樹叢之中！她和穆秀珍兩人步行前去。

這時正當下午，豔陽西斜，明媚動人，兩人走了不久，已遠遠地看到自己的那幢房子了。

木蘭花輕鬆地吹著口哨，但是穆秀珍給木蘭花一說，神情卻十分緊張，越是向自己的屋子接近，她拳頭便抓得越是緊。

到了屋子前面，木蘭花低聲道：「你由大門進去，我則由後牆爬進去，如果勝三郎真的在內的話，你千萬不可反抗。」

穆秀珍點了點頭，取出鑰匙，推開鐵門，走進了小花園。

當她穿過小花園，又打開大門門鎖之際，她心中真的緊張到了極點。

可是，當她用力地推開大門，看到客廳中一個人也沒有的時候，她不禁啞然失笑！

她在沙發中坐了下來，大聲叫道：「蘭花姐，沒有人，你也不必去爬牆了！」

她一面叫，一面伸了伸懶腰，又道：「我看勝三郎也沒有那麼大膽，哼。我們兩個人，難道是好欺侮的麼？你說是不是？」

她講完之後，便等著木蘭花的回答。

可是等了幾分鐘，卻什麼聲音也沒有。

穆秀珍還不想站起來，又嚷道：「蘭花姐，你在做什麼？」

可是，她連問了幾遍，仍是聽不到木蘭花的回答，穆秀珍老大不願意地站了起來，走到後院，四面一看，靜悄悄地，一個人也沒有。

穆秀珍「哈哈」笑了起來，道：「蘭花姐，你想嚇我，這可嚇不到我的，你剛和我分手，如今能夠躲到什麼地方去？好，我來找你！」

她沿著後院走了一遍，不見木蘭花。

穆秀珍仍然笑著，嚷著，可是當她又回到屋子中，奔上二樓，找了一遍之後，又跳了下來，仍然看不到木蘭花的時候，她面上的笑容已斂去了。

她回到了後院中，大聲道：「蘭花姐，我累了，不再和你玩捉迷藏了！」

可是回答她的，卻只是枝頭上吱吱喳喳在叫著的一些小鳥。

穆秀珍不得已道：「好，好，算你躲得好，我找不到你，我認輸了，你還不出來麼？」

穆秀珍是絕不願認輸的人，她只當自己一認輸，木蘭花一定會出來和她相見了，卻不料她講完話之後，四周仍是一片寂然，木蘭花仍不出聲！

穆秀珍在這時候更加笑不出來了，她心中略知不妙，心也怦怦亂跳了起來。

可是她卻實在想不透，她和木蘭花分手只有幾分鐘，在這幾分鐘之內，會有什麼事情發生呢？就算有什麼意外發生，以木蘭花之能，如何會一點反抗的聲音都沒有呢？

她跳上了牆頭，四面看看。遠遠可以看到她們的汽車停在路邊的樹叢中，由此可知，木蘭花並未利用車子遠去，那麼她究竟是到哪裡去了呢？

穆秀珍回到了客廳中，又等了半晌，任何輕微的聲響，她都以為是木蘭花突然出現，可是又過了二十分鐘之久，木蘭花仍未出現。

穆秀珍開始感到事情絕不尋常，她拿起電話來，準備和高翔通電話，可是電話卻並沒有「胡胡」聲，她低頭一看，電話線已被割斷了！

穆秀珍一見自己家中的電話線早被割斷，不禁嚇了一大跳，拿著聽筒，怔怔地站著，一時之間，竟不知如何才好。

在她呆立在電話旁的那一剎間，她只覺得陰氣森森，像是不知有多少敵人正在暗中監視著她一樣。

她陡地大叫了一聲，身子躍起，揮手打出了兩拳。

當然，她這樣做，並不是說她已經發現了敵人，她只是被眼前一連串奇詭的事情弄得呆了，藉此壯一壯膽而已。

她立即反身奔出了屋子，直向停車子的地方奔去，到了車子之前，她打開車門，便向車中鑽去。

她是準備立即駕車到警局去，去向方局長和高翔兩人求助的，木蘭花如此離奇地失了蹤，實是令得她有六神無主之感。

可是，她的上半身才一探進車門，她便不禁陡地呆了一呆，只見在車子前一排的座位上，有一個死人仰面躺著，那死人血污滿面，極是恐怖。

穆秀珍在陡然之間見到了這等情形，不禁猛地一窒，而就在她一呆之間，那「死人」忽然坐了起來，同時雙腳疾踢而出。

那是穆秀珍萬萬意料不到的事情，她想要退避，可是她的上半身已經探進了車廂中，想要縮出來，一時之間也難以辨得到，那「死人」重重的一腳，正踢在穆秀珍的胸口上。

穆秀珍的身子猛地向後一縮，後腦又撞在車廂上，剎時之間，她只覺得滿天星斗，幾乎就此昏了過去，但是她卻還來得及一低頭，一頭向前撞了過去！

恰好這時候，那「死人」已準備翻身坐了起來，穆秀珍這一撞，撞在那「死人」的額角上。那死人發出了一下慘呼，重又跌倒。

這時，穆秀珍又聽得身後有人在向她奔了過來，穆秀珍略一抬頭，在車子的照後鏡中，看到向她奔來的是兩個陌生男子。

穆秀珍知道，如果給那兩個陌生男子將自己追上來的話，那麼自己就一定不敵了；反之，自己如果能夠及時將車子駛走的話，那非但可以避開這兩個人，而且可以將那個「死人」帶走，作為線索！

當她一頭撞倒那「死人」的時候，她的身子撲在那人的身上，她兩隻腳還在車門之外，這時穆秀珍所想到的，並不是如何才能將身子縮進車廂來，她所想到的是如何能將車子發動！

她側著身子，以手代足，按下了油門，車子發出了一陣怪吼聲，猛地向前衝了出去！

當車子向前衝出之際，她的下半身還在車子之外，那兩個追過來的陌生男子顯然料不到在這樣的情形之下，汽車竟會突然向前駛去，他們都呆了一呆，在他們一呆之際，車子已駛上了路面。

穆秀珍竭力昂起身子來，扭轉著駕駛盤，車胎也隨之與地面磨擦，發出了極其難聽的「吱吱」一聲，車子的方向總算被扭了過來。

在這時候，那兩個陌生男子也定下了神來，他們不約而同地拔出手槍，向前放射。

他們的手槍，都配備著有著高度滅音效果的滅聲器，是以發出的聲音，只不過是十分低沉的「撲撲」一聲，穆秀珍身在車廂之中，根本聽不到槍聲，當然，她更聽不到子彈飛來的呼嘯聲。

她是夠運氣的——僅僅夠運氣而已，第一顆子彈在車身旁擦過，那時她的雙腳恰好縮進了車廂，未被射中，子彈在打開的車門中穿過。

第二顆子彈，從車子的後窗玻璃中穿入，又從前窗玻璃中穿了出去，穆秀珍在一抬頭間，只見前面一整塊擋風玻璃，都已變得佈滿了裂紋，向前看去，已不能看見前面的情形了。

穆秀珍的心中陡地一凜，她在箱子中找出了一支螺絲起子，索性將碎玻璃盡皆敲去，這時車速在七十以上，玻璃被敲去，勁風撲面而至，穆秀珍幾乎連氣也喘不過來。

她緊緊地抿著嘴，駕駛著車子，這時候，第三顆子彈已飛了過來。

第三顆子彈將車後的擋風玻璃完全擊碎，碎玻璃隨著勁風，向車廂中激射而至，好幾塊打在穆秀珍的後腦上，並且嵌進了皮肉之中。

穆秀珍覺出自己後腦上有濕膩膩的東西流了下來，一直流到頸際，她知道自己受了傷，但是她仍然咬緊牙關堅持著。

卻不料就在這時候，她的肩頭之上，突然又遭受了重重的一擊。

那一擊，令得她的身子猛地向旁一側，駕駛盤一轉，汽車向旁「吱」地一聲轉了出去，「砰」地一聲響，撞在一株大樹之上。

那一撞的力道，令得穆秀珍直飛出了車廂之外，她跌在草叢中，又跳了起來，再奔向車子去，只見那個詐死踢了她一腳的人，正掙扎著想從車廂中爬出來，但是他只略掙了一掙，便雙手下垂，不再動彈了。

穆秀珍喘著氣，到了那人的面前，只見那人胸前鮮血汩汩而流，看樣子他並不是死於撞車，而是死於槍傷。

穆秀珍記起了那擊碎車後擋風玻璃的一槍，那人一定死於這一槍，而他的身子向側倒來，倒在自己的肩頭上，所以才令自己坐不穩，而導致車子失事的。

這時候，穆秀珍的車子並沒有駛出多遠，當她的車子失事之後，穆秀珍聽得那奔跑的腳步聲又傳了過來，來得十分迅疾。

穆秀珍的第一個念頭便是：逃，快逃！

然而她腦後的傷痛，胸前被重重踢了一腳的疼痛，使她知道自己是走不遠的。

突然之間，她想起自己之受襲擊，一開始便是由於對方的人在車廂中裝死，自己一個驚愕，猝然不防所致的，那麼，自己為什麼不能也裝死呢？

她連忙身子倒了下去，閉上了眼睛。

反正這時候，她腦後的傷口鮮血直流，她已經是滿面血污，看起來和死人也相差不多了！

她將眼睛睜開一道縫，不多久，便看到那兩個陌生男子執著槍，奔到了近前，停了下來，其中一個道：「死了，都死了！」

他一面說，一面走過來，先向那一半身子還在車廂中的人踢了一腳，接著，又舉腳向穆秀珍踢來，而另一人則已迫不及待地要將那人的身子從車廂中拖出來。

這是穆秀珍最好的機會，穆秀珍一等那人的腳尖碰到自己的身子，突然抓住那人的足跟，雙臂猛地向上震了一震！

那人怪叫了一聲，站立不穩，仰天跌倒，穆秀珍立一躍而起，壓到那人的身上，雙手捧住那人的頭，在地上重重地撞了一下。

那人被穆秀珍一撞，雙眼翻白，出氣多，入氣少，穆秀珍一伸手，便將那人手中的槍奪了過來。她一奪槍在手，便立時轉過身來。

可是也就在這時，「撲」地一聲響，穆秀珍的右臂立時感到了一陣熱辣辣的疼痛。

穆秀珍立時左手執槍，連連扳動槍機，向後開了三槍，她不知道那三槍是否中的，在開了三槍之後，她才轉過身來。

那三槍顯然射中目標。那另一個陌生男子身形踉蹌，手臂下垂地向外退去，像是喝醉酒一樣。

他退出了三五步，背靠在一株樹上。

這時候，穆秀珍已看清，那人的胸口及右手臂上都鮮血迸流！也就是說，剛才穆秀珍反手三槍之中，有兩槍射中了那人！

那人背靠著樹幹站定了之後，面上突然現出一股獰笑來，他的聲音在發抖，但是他所說的話，卻令得穆秀珍冷汗直淋！

只聽得他道：「你……手中的槍，已經沒有子彈了！」

他一面說，一面吃力地揚起他手中的槍來，向穆秀珍瞄準。

那人和穆秀珍相距不過十二呎，如果他開槍射擊的話，穆珍秀可以說是一點機會也沒有的。

穆秀珍不相信那人的話，她用力扳動著槍機，可是撞針發出了「得」的一聲，並沒有子彈射出來，果然子彈已經用光了。

穆秀珍心頭怦怦亂跳，剎時之間，她只想到一件事：為什麼剛才連放三槍？如果剛才只是開兩槍的話，那麼這時，看那人揚起槍來的時候，動作如此緩慢，當然是傷勢極重，自己一定可以趕在他的前面將之擊斃，然而現在……

穆秀珍手猛地一揚，將那柄等於廢物的手槍向前拋去，可是她由於心中驚慌，那柄手槍竟也未能拋中那個人！

那人面上的笑容越來越是獰惡，而他手中的槍，也越舉越高。

槍口漸漸地指向穆秀珍，穆秀珍知道自己就算逃也沒有用處了，她雙足像是釘在地上一樣，冷汗和汙血混在一起向下淌著。

奇怪的是，她雙眼卻一眨也不眨地望著那柄槍的槍口，像是要看清那將要取她性命的子彈，是怎樣從槍管中飛出來似的。

槍口指著穆秀珍的胸口了，穆秀珍只覺得耳際嗡嗡直響。

但是，也就在此際，突然見到那人面上的獰笑停頓了下來，剎那之間，他面色灰白，神情變得異常之痛苦，而他剛才費了那麼大的氣力才揚起來的手臂，這時也陡地垂了下來。

就在他手臂下垂之際，只聽得「撲撲撲」地三下響，三粒子彈自槍中射出，子彈都射在地上，塵土飛揚，那人身子一側，也「砰」地一聲，倒在地上不動了。

穆秀珍仍是呆呆地站著，剛才半分鐘內所發生的事情，在她來說，像是過了一世紀之久，而事情已經完結了，她仍然在不斷地淌汗。

然後，在突然之間，她覺得天旋地轉，眼前發黑，身子一軟，已經昏倒在地上了。

7 身分暴露

木蘭花讓穆秀珍走正門進去，她自己則繞過了牆角，準備從後院的圍牆上跳上去，她才一轉過牆角，便看到兩個人正貼牆站著。

木蘭花陡地站住，那兩個人已向她作了一個手勢，示意她不要出聲。那兩個人，木蘭花全是認識的，其中一個，是警方調查謀殺科的楊科長，另外一個人，像是曾經見過的高級警官。

木蘭花呆了呆，道：「楊科長，你是什麼時候光臨寒舍的？」

「別出聲，請別出聲！」楊科長伸手向牆內指了指，將聲音壓得十分低：「穆小姐，你想知道一件十分有趣的事情麼？」

當木蘭花一看到楊科長突然在這裡出現的時候，她的心中已經十分疑惑，而這時楊科長的話又如此蹊蹺，更令得聰明絕頂的木蘭花心中陡地一亮，她裝作若無其事地向前走去，但是心中卻已充滿了戒備之意。

「什麼事情啊，楊科長。」她來到了楊科長的身前，像是全神貫注地問。

「噢，說穿了也沒有什麼，我希望能夠和蘭花小姐合作。」楊科長在說這句話的時候，雙目直視著木蘭花。

「原來如此，」木蘭花一笑，突然說出了一句駭人之極的話來，道：「你炸我不死，就想到與我合作了，是不是？」

楊科長在聽到了木蘭花這句話之後的神情，實是文字所難以形容。

他陡地一驚，他身旁的那人一步向前跨來，可是木蘭花一肘撞出，已重重地撞在那人的肚子上，楊科長突然向後一縱，轉身就逃。

木蘭花一個箭步追了上去，一伸手便抓住了楊科長腰際的皮帶。可是她用的力道太大了，「啪」地一聲，皮帶斷折，楊科長的身子向前一俯，奔了出去，木蘭花又繼續向前追出。

這時候，穆秀珍正倒在沙發上閉目養神，等待木蘭花的出現，但木蘭花已和楊科長兩人越奔越遠了。

楊科長奔出了路面，在峭壁中向下落去，下面是一個海灘，木蘭花在他身後緊隨不捨，一面叫道：「楊先生，一人做事一人當，你逃什麼？」

楊科長一聲不出，等到他到了離海灘還有兩丈高下時，他突然一縱身，向海灘跳了下去。

那時候，木蘭花離海灘約莫有三丈高下，她也毫不猶豫地向下跳了下去。楊科長先落到沙灘上，打了一個滾，站了起來。

木蘭花接著趕到，可是楊科長卻已拔出手槍了。

木蘭花一看到楊科長拔出了手槍，便知道自己中了人家的誘敵之計了。因為楊科長若要解決她的話，在她追逐他的時候，他就可以用手槍來對付了，又何必等到現在？

她陡地一呆，在峭壁的岩洞中，傳來了幾下吆喝之聲，五六個全副武裝的警員，持著武器，指著木蘭花，湧了出來。

而那個中了木蘭花一肘的警官，這時也已攀到了峭壁上，用手槍對準了木蘭花。

四面，上邊，都有武器指著，木蘭花已經無法再動了。

她冷笑了一下，道：「方局長如果知道有這樣的部下，不知有何感想？」

「那不算什麼，」楊科長向峭壁上的警官指了一指，道：「這位是方局長的機要秘書呢，他也在為自己作打算了。」

「為自己作打算？」木蘭花略帶諷刺地反問。

「當然，人為財死啊。」

「什麼財路值得你們去送死？」

「哈哈，蘭花小姐，我們已經接近成功了，如果不是有你在從中作梗的話，我們早已在神不知鬼不覺之間成了千萬富豪了！」

「是麼？那麼我是你們的眼中釘了。你們為什麼不將我除去？」

木蘭花這時完全是處在劣勢的情形下，但是她的詞鋒卻咄咄逼人，令得在上風的楊科長非常難以回答。

楊科長呆了一呆，道：「蘭花小姐，我想你是明白人，應該知道為什麼你還能活著的。」

「當然我明白，第一，我死了，事情擴大了，你們的身分終將暴露，那就和你們原來的目的相違背了，據我猜想，你們十來個人，本來是準備在分贓之後隱伏一個時期，再先後辭職，遠走高飛的，是不是？」

楊科長的面色變了一變，並不出聲。

「第二，」木蘭花侃侃而談：「如今你們的身分已經將要暴露了，而且可以說，已非暴露不可了，除非有我幫忙，是不是？」

楊科長仍不出聲，但是那位機要秘書卻已從峭壁上攀了下來，坦白地道：「是。」

楊科長逼得也點了點頭。

木蘭花望著他們，背負雙手，十分悠閒地在沙灘上踱了幾步，道：「我可以得多少好處？」

楊科長和機要秘書兩人互望了一眼，楊科長道：「你獨佔百分之二十。」

「有多少？」木蘭花緊追著問。

「那還要看當事人肯出多少而論，勝三郎方面的討價，未為對方接納，如今我們已得到了一切，我們僅準備開出勝三郎所要求的一半價錢，我們想當事人一定肯答應的。」

「那不是太少了麼？」木蘭花仍然不知道楊科長他們得到的是什麼。

她只是猜到，要拿錢出來的，就是被楊科長稱之為「當事人」的，一定就是在匪巢中出現過的那位銀行總裁先生。

她一面詢問，一面在急速在思索著：他們究竟掌握了什麼呢？是綁了票麼？還是那銀行總裁的隱私在他們的手中？

「哈哈，」楊科長笑了起來，向身後幾個警員指了指，道：「他們幾個人，每人只分到百分之二點五的好處，但這已足使他們安享一生有餘了。」

木蘭花心中暗暗吃驚，如果數字如此龐大，那自然不是什麼綁票勒索事件了。

「噢，看樣子，你們像是發現了金礦！」木蘭花故作輕鬆地問。

「可以那麼說，而且是十拿九穩的，你當然知道，我們如今的當事人是某大銀行總裁連奧爵士，他也是本市的金融界巨頭，但如果他不肯出這最低價錢的話，我們一定還可以通過別的途徑，得到更好的價錢。」

「那麼，你們究竟得到了什麼呢？」

楊科長的回答十分乖巧，他道：「如果你的問題改成『我們』究竟得到了些什麼，那我就可以據實回答你了。」

楊科長和木蘭花的話，只不過相差一個字，那便是「你們」和「我們」之差，然而這一字之差，卻是非同小可。

木蘭花問「你們得到了什麼」，那是她和楊科長之流絕無關連；而如果她問「我們得到了什麼」，那等於是她已經答應了楊科長的要求，介入他們的集團，成為他們的一分子了。

木蘭花「哈哈」地笑了起來，她以笑來表示她的不置可否。

「蘭花小姐，你要明白，我們如今的行動絕不是在作嚴重的犯法，我們最大的犯罪，就是他——」楊科長指了指那機要秘書。「他截住了一份機要文件，未曾讓最高當局過目而已。」

「那麼，要謀殺我們四人呢？」木蘭花輕蔑地反問。

「這個……反正也沒有人受傷，蘭花小姐，你究竟是不是答應我們的要求？我們在得到好處之後，也絕不會再犯罪，一定極之安分守己的！」楊科長說得甚至極其真誠。

木蘭花冷笑說道：「這倒是聞所未聞的犯罪理論。」

楊科長的面色一沉，道：「蘭花小姐，那你是不肯和我們合作了？」

木蘭花心中急速地轉著念頭，他們已經企圖謀殺過人，會不會又鋌而走險呢？但是自己又怎能答應他們的要求呢！

好一會，她才道：「你們未曾考慮到勝三郎麼？他是個十分凶惡的歹徒！」

楊科長笑了笑，道：「我認為不必擔心他，我們在那根磅桿中得到了他們組織的全部名單和資料，我們已經對付了他們。」

「連勝三郎本人在內？」

「嗯……勝三郎和他三個得力部下漏網了。」

木蘭花的面色陡地一變！

勝三郎的巢穴已被楊科長他們搗毀，但是勝三郎和他的三個得力部下漏網了，她曾經猜測過勝三郎會到家來找她，如今勝三郎更成了亡命之徒，但是家中卻只有穆秀珍一個人在！

木蘭花實是沒有法子不擔心，她雙手緊緊地握著拳，四面看了一眼，尋找著逃走的機會。

當然，逃走的機會不是完全沒有，只不過十分困難而已。

她這時正站在海灘上，海水離她只不過六七碼遠近，正時時噴著白沫，湧上沙灘來。

這個海灘離木蘭花的家十分近，她和穆秀珍兩人在夏天的時候，是時時來游泳的，她知道，有一處地方，沙灘之下有一個坑道，一落水便十分深，可以沿著那個坑道向外游去。

那個坑道離她也不十分遠。

這時，她在想的，並不是如何逃走，她相信她是可以逃脫的，她在考慮的是，在她逃脫之後，楊科長他們將會怎樣，她一逃脫，楊科長他們當然知道身分暴露，他們必然會躲起來，而且他們也不會再去和連奧爵士接頭，而改循他途。

至於他們還可以循另一途徑得到好處這一點，木蘭花是深信不疑的，因為根據穆秀珍匪巢歷險的報告，勝三郎方面的人也曾有過同樣的話。

如此一來，既有的線索都要一齊斷去了。

因為迄今為止，木蘭花仍不知道他們得到了什麼，更不知道他們的所謂「另一途徑」是什麼，只要他們一躲了起來，那一切重又茫然了。

木蘭花一面思索著，一面向海水緩緩地走去。

看她的情形，純粹是在考慮著是不是該答應對方的要求，海灘上的海水總是淺的，即使是傻瓜，也不會由海水逃走的，因為當你的身子沒入海水之際，子彈早已追上來，將你的性命取走了。

每一個人都這樣想，所以也沒有人防到木蘭花會對這裡的海灘熟悉，想利用海灘上的坑道逃走，他們只希望木蘭花考慮之後，得出有利於他們的結論來。

他們都望著木蘭花，並不移動他們的身子。當然，他們的槍仍指著木蘭花。

木蘭花到了海水旁邊，任由湧上來的海水蓋過她的足背，她向前慢慢地走著，突然站定。

這裡的海灘看來和別的地方並無不同，但木蘭花知道，只要打橫跨出兩步，一側身子的話，她就可以全身迅速地沉入海水之中了！

木蘭花打橫跨出了兩步，她的小腿已經沒入了海水中。楊科長大聲叫道：

「穆小姐，你想做什麼？」

木蘭花在那一瞬間已經想到了，線索不會全部斷去的，還可以向連奧爵士詢問有關的一切。

她的身子突然一側！楊科長一面叫，一面已向前奔了過來。

然而，他奔了兩步，只聽得「撲通」一聲，水花四濺，海水轉眼之間就恢復了常態，但是木蘭花卻已經不見了。

楊科長和所有的人都呆住了，這簡直是不可能的事，這怎麼可能！海水這樣淺，怎能淹過木蘭花的身子？木蘭花哪裡去了呢？

木蘭花一入水，便沉到了近十八尺深的坑道上，向前迅速地游了開去。

當楊科長他們弄清楚這裡的海水有坑道之際，木蘭花早已走遠了！

穆秀珍側著頭，昏倒在地上，她手臂上的傷口，鮮血一直不止。

在她昏過去之後不多久，路邊的草叢之中，慢慢地探出了一個人頭來，那人面目陰森，瘦削，正是勝三郎！

他探頭出來略看了一看，又縮進了草叢之中。

而這時候，遠遠地有木蘭花的聲音傳了過來，叫道：

「秀珍！秀珍！」

那草叢的野草抖了一抖，但勝三郎並不是出來，而是藏得更密。

木蘭花的聲音越來越近，她的人也可以看得見了，她全身濕濡濡地，那是她剛從海水中爬上來的緣故。

她一直奔到了大樹面前，在穆秀珍的身旁停了下來，她驚呼了一聲，先抬起穆秀珍的手臂看了一看，撕下了半件衣服，將穆秀珍的手臂紮了起來。然後，她負起穆秀珍，向家中迅速地奔去。

穆秀珍失血很多，木蘭花雖然紮住了她的手臂，但是那半件衣服迅即為血染紅了。她如果不迅速對穆秀珍進行急救的話，那穆秀珍極可能傷勢更重，難以挽救了。

她不知道穆秀珍是怎樣受傷的，她也沒有心思去探究這一點，這時她只希望快些奔到家中。

正因為她心中焦急無比，所以她竟不知道在她奔出了十來碼之後，勝三郎已自草叢中鑽了出來，閃閃縮縮地跟在她的身後！

木蘭花是從大門奔進屋子的，勝三郎是翻牆而入的。

雙方是同時進入客廳的！勝三郎手中的大口徑手槍立即對準了木蘭花。那時，木蘭花甚至還未來得及將肩上的穆秀珍放下來！

木蘭花陡地一怔之後，立即恢復了鎮定。

她勉強笑了一下，道：「噢，你來的時間太不巧了，你看我們多狼狽？」

「那正是我要揀的時間，木蘭花，那兩顆牙齒在什麼地方？」勝三郎狠狠地逼問。

「你完全找錯人了，那兩顆牙齒根本不在我們手上，她是你手下的人打傷的麼？」木蘭花一面說，一面將穆秀珍放了下來。

「別動！」勝三郎厲聲呼喝：「你再動，我就開槍。」

這時候，勝三郎面上的神色獰厲之極，眼中佈滿了血絲，一連的失敗，顯然已將這個犯罪的凶徒激得發怒了。

但是木蘭花卻一點也未曾被他嚇倒，木蘭花在穆秀珍放下來之後，回過頭去，用十分冷靜的聲音道：「放下槍，去將廚房中的急救箱拿來。」

「什麼？」勝三郎大聲喝問。

「聽我的話，這是你唯一的生路了，勝三郎，你不感到如今你們整個組織的秘密已經洩露，你一個人雖然漏網，但是終將是甕中之鱉，你難道不知道麼？」

「住口！」勝三郎聲嘶力竭地叫著，他額上的青筋一根一根暴了起來，比筷子還粗。

「快去取急救箱，只要你向警方提供足夠的線索，我可以擔保你安然離開本市！」

勝三郎手中的槍機，漸漸地扣緊。

可是木蘭花的神色仍然出奇地鎮定，她「哼」地一聲冷笑，伸手向勝三郎指了一指，道：「只要你敢開槍，那你就等於在判你自己的死刑。留得青山在，不怕沒柴燒，你離開了本市，難道就沒有地方可供你發展了麼？」

木蘭花絕不是在鼓勵勝三郎犯罪，而是在如今這樣的情形之下，她不得不以言語打動勝三郎的心，使勝三郎放下武器來。

如果不是穆秀珍重傷等著急救的話，她是絕不會如此說的。

而她這樣說法，是不是會有作用，她卻不知道，所以她在講這幾句話的時候，表面上雖然極之鎮定，但是心中的緊張實是難以言喻，全身的神經都像是拉緊了弓弦一樣！

勝三郎的手指僵著不動，只要他的手指再輕輕一動的話，木蘭花立時就沒有命了，但是木蘭花的話，顯然已打動了他的心，但是他卻還未作出決定，所以他才僵立不動。

過了好一會，他才道：「你保證？」

其實，那只不過大半分鐘的時間，但木蘭花已覺得雙足發麻了，她一聽勝三郎這樣說法，忙道：「我保證，你快放下槍。」

勝三郎五指一鬆，「啪」地一聲，他手中的那柄槍便跌到了地上。

也就在此際，突然聽得「乒乓」一聲·有一扇玻璃窗碎裂的聲音，勝三郎立時轉過身去，「砰砰」兩聲槍響，子彈射進了他的身子，使得他整個人向後撞退了大半步，才倒了下來。

木蘭花高叫道：「別再開槍。」

可是站在窗口的高翔，顯然未曾聽到木蘭花的呼聲，他用肩頭撞開了窗子，滾著，跳著，衝了進來，又向倒在地上的勝三郎連放了三槍。

木蘭花嘆了一口氣，道：「當你進來的時候，他已經放下武器了！」

高翔像是不十分相信，忙道：「我們接到報告，說有一輛汽車失事，我一聽得報告中的汽車，竟是你們的車牌號碼，我就知道你們出了事，我沒有來遲吧，秀珍她怎麼了？」

高翔的臉上一片焦急關切之情，木蘭花當然不能去苛責他射死了勝三郎，因為勝三郎是如此凶殘的一個匪徒！

她只是望著勝三郎的屍體，嘆了一口氣，道：「你快召警車來，將秀珍送到醫院去急救。」

高翔向外走出了兩步，發了一連串的命令，立時有警員進來，將穆秀珍抬上警車，警號嗚嗚駛向醫院去救治了。

木蘭花掠了掠頭髮，高翔直到此際才發現木蘭花全身是濕透的，他驚訝地問道：「蘭花，你……這是怎麼啦？你遇到了什麼？」

「你們警方的機要秘書和謀殺科科長。」木蘭花十分簡單地說。

「他們兩人怎麼樣？」

「就是想將我們炸死的人，除了他們兩人之外，大約還有七八個支持者。」

「他們是誰？」

「我叫不出名字來，請你快通知方局長，要他下令，全市所有的交通工具都要加以檢查，我相信他們未能這樣快就逃出本市去的。同時，請方局長在警局等候我，我立即和他去見連奧爵士，這件事，必需見到連奧爵士，才能得到頭緒。」

木蘭花一面說，一面已向樓上奔去。

高翔連忙召來了無線電通訊員，和方局長通話。等他講完，木蘭花已經換好衣服下來了。

木蘭花連梳理頭髮的時間都沒有，她只是用一根緞帶將一束秀髮紮著，但這樣子，卻使得她看來更是清麗絕俗。

高翔忙迎了上去，道：「蘭花，快去罷，方局長在等候你，只要你一到，他就可以和你一起出發。」

木蘭花點點頭，兩人一齊登上車子，風馳電掣，向前駛去。

8 地獄門

連奧爵士的辦公室，佈置之豪華，使得廣見世面的木蘭花也不禁為之驚嘆，四壁全是自然花紋的桃花心木，柔軟的真皮沙發和厚厚的地毯，使得整個辦公室中更顯得靜到了一點聲音也沒有。

木蘭花和方局長兩人坐在沙發上，女秘書己經進去報告了，連奧爵士正在召開銀行董事會。他是董事會的主持人，當然是不便離開會場的，但方局長是本地警務工作的首腦，連奧爵士卻又不能不見他。

約莫過了五分鐘，連奧爵士推門走了進來。

木蘭花和方局長兩人起立相迎，連奧爵士趨前和方局長握了握手，道：「局長先生，你早應該來了！」

方局長和木蘭花兩人互望了一眼，不知道他那樣說是什麼意思。

「請坐，請你原諒，我正在主持一個會議，不能和你們談得太久。」連爵奧士說道：「局長先生，你帶來的消息，對那個國家而言，是幸還是不幸呢？」

方局長更是尷尬，他望向木蘭花，可是木蘭花卻也搖搖頭。

「閣下，」方局長只得尷尬地說：「我實在不明白你在說什麼？」

「你不明白。」連奧爵士揚起了眉毛，道：「這是什麼意思？我沒有時間和你們開玩笑，你不知道，那你們來見我做什麼？」

「閣下，我們的工作人員曾看到你在一個匪徒巢穴中出現，和一個日本將官模樣的人在進行著某一項談判。」方局長十分客氣地說。

「是啊，那是宮本龜太郎，本來是日本太平洋派遺軍的情報部長。奇怪，你不應該不知他的身分，也不該不知道我們在談判的是什麼啊。」連奧爵士越說越覺得奇怪不已。

「我為什麼會知道呢？」方局長更覺得奇怪。

「x國的元首不是用最機密的公函，將這件事告訴你了麼？他一方面請我們代表，希望以一個低廉的價格將這批鈔票收回來；另一方面，他需要你協助，如果能夠在那幫人手中得回這一批鈔票的話，他願以國家的名義捐一筆款子出來，作為本市的警務人員福利基金，我只當你來見我，是已經成功了，因為我的談判失敗！」

方局長雙眼睜得老大，他仍然什麼也不明白。

但是木蘭花卻已明白了，她知道，那封x國元首的機密文件，一定落到了警方機要秘書手中，而未曾向方局長報告。

那機要秘書看出其中有大利可圖，便與楊科長合作，撞死了勝三郎方面在牙齒中藏有秘密的人，在公共殮房中殺死杜鬼臉，奪走牙齒，搶走了磅桿中的名單，消滅了勝三郎方面的人馬，這一切，自然都是楊科長的傑作了。

從那幾點來看，楊科長倒不失為一個十分幹練聰明的人，只是可惜他的幹才用到歪路上去了。

「局長，」木蘭花在方局長的耳際輕聲道：「你不妨向他承認警方有內奸。」方局長遲疑了片刻，終於聽從木蘭花的意見，向連奧爵士將經過情形簡單說了一遍。

連奧爵士「啊」地一聲，道：「如此說來，警方自始至終竟完全不知道了？」方局長苦笑道：「正是因為如此，所以我們才想來閣下處瞭解事情的真相。」連奧爵士嘆息了幾聲，道：「如果這批鈔票落到了x國的敵對國家手中，用來擾亂x國的經濟，那我也變得有負所託了！」

他不等方局長發問，道：「在二次世界大戰時，x國的經濟十分紊亂，當時的x國國家銀行增印了一批新鈔票，數額十分龐大。」

木蘭花這時已經對整個事件有一些概念了，但是她並不插口，只是聽連奧爵士敘述下去。

連奧爵士頓了一頓，續道：「這批鈔票只不過發行了極小部分，戰事擴大，日軍佔領這個國家，將這批鈔票停止使用，一直到了日軍要潰敗的前夕，宮本龜太郎利用職權上的便利，將這批鈔票劫走，藏在一個十分秘密的地方。如所周知，x國在戰後，經濟逐漸上了軌道，他們國家的鈔票也成了國際間有信用的貨幣之一，那一大批鈔票，人們也只當已經不再存在了。可是，兩個月之前，宮本龜太郎卻致信x國的經濟決策人員，聲言要他們照這批鈔票所值的一半價錢折合英鎊，將這批鈔票收回去。」

「那麼，這批鈔票折合英鎊，究竟值多少？」方局長忍不住插口問。

「數字十分龐大，大約是七千萬英鎊。」

方局長和木蘭花互望了一眼，他們心中有數。七千萬的一半，是三千五百萬，那足夠使楊科長他們起犯罪之心的了。

「但是。」連奧爵士繼續說：「x國政府只肯出百分之十的價錢，糟糕的是，那敵對國家肯出百分之二十的價錢，如果鈔票落入敵對國家手中，因為那批鈔票的確是x國的國家銀行所印的，若是宣布作廢，固然信用破產；若是不宣布作廢，那麼這樣龐大數額的現金在敵人手中，所引起的麻煩，也是可想而知的，所以，如果本市警方能夠找到這批鈔票的話，那麼將可獲得一筆為數兩百萬英鎊的捐贈和X國政府莫大的感激！」

方局長「啊」的一聲，他「啊」了一聲之後，不再說什麼，顯然是他心中在盤算這一大筆贈金對本市警方的作用。

木蘭花又輕輕地碰了方局長一下，低聲道：「局長，你對他說，我們一定可以將那批鈔票找到的，叫爵士不必再向任何方面去接頭了，並且可以拿我們的話去回答X國政府。」

方局長遲疑了一下道：「行麼？」

「我保證。」木蘭花說得很肯定。

他們低聲交談的時候，連奧爵士用奇異的眼光看著他們，方局長終於站了起來，照木蘭花的話講了一遍。

「你們已經有線索了麼？」連奧爵士問。

「線索……是有的，但是還要進一步追究，我們必然能使得這批鈔票，不致於落在X國的敵對國家的手中！」

「祝你們成功。」連奧爵士伸出手來。「同時我可以告訴你們，X國政府答應的那筆款子，早已存在我們銀行中的了。」

連奧爵士的話，更使方局長感到興奮，但是，當他和木蘭花一起走出銀行大廈的時候，他卻又皺起了眉頭，因為直到如今，他仍是沒有什麼線索。

他們趕到醫院，穆秀珍已經醒了過來，她的傷勢並不十分嚴重，大約休養幾天就會好的，但是對於好動的穆秀珍來說，叫她躺在醫院中不動，那可以說是最痛苦的事情了。

隨後，木蘭花和方局長又回到了警局，高翔與他們相會，向他們報告，全市各處的交通要道都已經加以嚴密的封鎖，楊科長他們想要逃出去是沒有可能的。

木蘭花站在高翔辦公室中的大地圖前看了一會，沉聲道：「楊科長在警局任職多年，他自然對警方的弱點十分瞭解，我斷定他們的身分暴露之後，一定急於離開本市，去和外國政府接洽。高主任，如果是你，在遭受如此嚴密的封鎖之下，你會從哪一條路走？」

高翔走到木蘭花的身邊站住，道：「公路和鐵路方面，是根本不必加以考慮的，只有笨蛋才會由那裡逃走。」

「你的意思是海路和空中？」木蘭花反問。

「海路的可能性也不大，因為全市七十餘艘海面巡邏艇已一齊出動，而且我們還徵用了近百艘遊艇作為防守之用，他們是沒有機會的。」

「那麼空中呢？」

「所有的私人飛機機主都已接到了通知，不准起飛，正常的班機，每一個搭客都受到嚴密的檢查。蘭花，我看他們是沒有機會逃出去的，他們一定是匿藏在本市，等候我們鬆懈下去。」

「不，他們此際一定已經知道我們獲悉這是關係著數千萬英鎊的大事，他們是不達目的誓不休的，他們也必然會盡一切可能逃走，因為留在本市，對他們是太不安全了。」

「那麼，他們怎有可能逃走呢？」

「有的，警方的佈置雖嚴，但是還有一處卻疏忽了，未加防守。」

「那是不可能的！」高翔像是受到冤屈似地大叫起來。

「可能的！你別忘了，本市是一個現代化的大都市，在本市的地下，有著四通八達的下水道，為了避免汙水污染市區附近的海灘，你可知道下水道的出口處離海岸多遠？」

高翔瞪著眼睛，顯然他不知道。

「三浬。」方局長站了起來，代替高翔回答，同時他已按下了通話器，大聲道：「水警特別行動指揮官，聽令！」

在無線電通話器中，傳來了一個穩重的聲音，道：「是，朱中校等候接受命令。」

方局長抬起頭來，道：「集中巡邏艇隻，到——」

他講到這裡，轉頭向木蘭花望來，木蘭花眼望著地圖，口中說出了三個經緯度的數字來。

她說出來的數字立即由方局長轉述，木蘭花所講的那經緯度地點，是本市的下水道三個出口處，在地圖上有標明的，那是因為這次下水道工程，是本市的最大工程之一的原故。

「我們靜候佳音好了，他們要配備蛙人設備，要在錯綜複雜的下水道中潛行，還要做出了下水道之後在海面上漂流的準備，我相信他們這時候大概正帶著一切配備，在下水道中摸索啦！」木蘭花坐了下來，閉起了眼睛，不再出聲。

方局長和高翔兩人，則不斷地來回踱步。

事情到了如今，已經逐步明朗化了，所欠缺的一點，就是等楊科長、機要秘書和他們的追隨者落網了。

方局長和高翔所放心不下的是：他們是不是真如木蘭花所估計的那樣，會從下水道中逃走呢？

木蘭花似乎已經睡著了，而高翔和方局長在踱了許久之後，也終於坐了下來。時間很快地過去，一轉眼間，已一小時了。

木蘭花這才揚起頭來，道：「還沒有報告來麼？」

方局長和高翔兩人不免有些懊喪地搖了搖頭，但就在這時，無線電話器上，突然傳來了「滴滴」的信號聲。

方局長和高翔一起跳了起來，方局長按下了鈕掣，便聽到特別行動指揮官的聲音傳了過來，道：「報告，三個下水道的出口處，都有人浮了上來，經過一場激戰之後，我們擊斃了對方六個人，傷對方一人，擄獲了楊登霆，請示如何處理？」

「快將他押來本部，盡可能地快。」方局長吁了口氣，向木蘭花望去。

木蘭花又成功了，但和以往任何一次成功一樣，木蘭花的面上，只不過帶著一絲淡然的笑容，好像這是理所當然的事一樣。

「蘭花，」高翔十分佩服：「你怎麼知道他們一定會由下水道逃走的？」

「那是很簡單的事情，高主任，他們絕不能留在本市，而據你所說，海陸空三路，逃走幾乎是不可能的，那麼當然只有從地下逃走一途了。剔除了不可能，剩下來的就是可能，這本來就是最簡單的辦法啊！」

經木蘭花一講穿，事情便似乎變得十分簡單，但方局長和高翔兩人都知道，當木蘭花站在本市地圖前面的時候，她是怎樣在苦苦思索著，是怎樣利用她的超人智力，才會有如今這樣的結果。

二十分鐘之後，楊登霆到了高翔的辦公室中。

他披頭散髮，全身盡濕，頭髮中還夾雜著許多污穢的東西，那當然是他曾在下水道中長期潛行的結果。

押他進來的是水警警官，但是在木蘭花的授意下，水警警官便退了出去。

楊登霆望著三個人，又低下頭去，本來他是調查謀殺科的科長，是警局中地位十分高的人，如今卻成了階下囚。

高翔和方局長兩人也不知道說什麼才好，是木蘭花最先開口，她走到了楊登霆的身前，道：「楊先生。我相信警方是絕對不會為難你的，因為你率部下消滅了勝三郎這幫匪徒。」

楊登霆抬起頭來，苦笑了一下。

照他原來面上倔強的神情來看，他本來分明是準備抵抗到底的，但這時候卻已軟下來了，他苦笑了一下之後，又嘆了一口氣。

「登霆，」方局長沉重的聲音，更使楊登霆喟然而嘆。「你跟隨我那麼多年，我自然不會難為你的，那秘密你交出來吧。」

「你……你是說我……可以沒有事？」楊登霆的手抖動著，低聲地說。

「警方並不準備追究你，而且，還可以在事情平息之後，替你安排出路，登霆，這十多年來，你屢建奇功，如今我深信你只是一念之差！」

方局長誠懇的聲音，使得楊登霆竟「噗」地一聲跪了下來，抱著方局長的腿哭了起來。

他一面哭，一面鬆開了皮帶，在皮帶的扣子中，取出了兩顆牙齒來，道：「在這裡，全部在這裡了！」

木蘭花一伸手，便將那兩顆牙齒接了過來，她立即看出，那兩顆牙齒是製造極其精巧的盒子，她取出一枚針，將盒子的蓋子挑了開來，取出了兩捲小得不能再小的菲林（按：底片）來，交給高翔。

「快吩咐技術人員，將菲林放大，我相信菲林上的一切，足以使我們知道那批鈔票的所在了。」

高翔接過了菲林，走了出去。

木蘭花退到辦公室的一角，坐了下來。

方局長扶起了楊登霆，楊登霆滿面羞慚地站著。

不到十分鐘，高翔興沖沖地走了過來，道：「菲林上的秘密印出來了，共是三個部份，第一部份是這批鈔票的數字，第二部份是經運這批鈔票的日本艦隻名稱和負責軍官的姓名，第三部份則是這批鈔票埋藏的地點，那是在太平洋中的一個被喚作『地獄門』的小島。」

「地獄門？」方局長叫了一聲：「這個小島附近，水流湍急，即使再老練的水手也視為畏途，那批鈔票藏在這島上，可說安全之極了。」

高翔又望向木蘭花，木蘭花笑道：「這次事情的成功，秀珍出的力不少，我想，她可以稱得上是最好的潛水家，從海底游進地獄門島去，大概也是她的事情了！」

方局長和高翔兩人都不住點頭。

可惜穆秀珍這時正躺在病床上，如果她在這裡，親耳聽到木蘭花這樣稱讚她的話，她不知道要怎樣地快樂哩！

在大半月之後，一艘掛著X國國旗的小型軍艦，向太平洋風浪最險惡的地區進發。

在那艘軍艦的指揮室中，艦長，該國經濟部的代表，該國總統的私人代表，該國海軍蛙人隊的隊長，和木蘭花、穆秀珍、高翔等人，一齊在商議著。

在桌上，攤著「地獄門」島詳細的地圖，這地圖還是二次世界大戰時的軍用品，所以十分詳盡，在地圖的附近，則附有說明日本軍隊曾經在這個小島上有過龐大的建築工程的進行。

軍艦漸漸地逼近目的地，海流因為一連串作不規則排列的島嶼的阻攔，而形成許多漩渦，漩渦與漩渦相撞，發出轟然巨響和滔天的白浪。

在軍艦駛過了一座高聳在海面，猶如一根石柱也似的海島之際，在石上可以看到有英文、日文和中文寫成的大字，那是「地獄門」三字，這當然是經過這裡的人有感而發的。

這時，海水噴著白沫，怒嘯著，平靜而蔚藍的海水，變成了千萬頭怒衝狂突的野馬，置身在此，真有如置身在地獄之感。

軍艦勉力前進著，顛簸程度也越來越甚，X國政府的幾個代表因為不慣風浪的關係，早已嘔吐狼藉，十分之狼狽。

艦長不斷地下著命令，使軍艦鼓浪前進。

終於，他們看到那個被稱為「地獄門」的小島了。

那小島漆也似黑的岩石，聳立在白浪滔天的海面上，更顯得出奇地醜惡和淒冷。

軍艦利用小島上的岩石下了錨，還加上了許多道鐵鍊，才縛得艦身隨著浪頭起伏，不致撞了出去。

木蘭花、穆秀珍、高翔，和X國蛙人隊長及經過挑選的蛙人，一共十個人，早已在甲板上穿戴好了全副蛙人配備，準備潛水前往。

X國總統的私人代表，在甲板上和他們一一握手，祝他們成功，十個人相繼地跳入了水中。

海面上浪頭大，海底下漩渦的力量更大，十個人是有繩子連在一起的，因之漩渦也難以將他們捲散，游在最前面的是穆秀珍。

穆秀珍超卓的泳術，這次才算有了真正表現的機會，她在急漩的海水漩渦中翻騰著，跳躍著，簡直像一條魚一樣！

（那個蛙人隊長就跟在穆秀珍的後面，他對穆秀珍的泳術讚嘆備至，竟然向穆秀珍求婚，穆秀珍嚇得好幾年不敢到那個國家去！）

在海水中掙扎了大半小時，他們看到了岩石，絡續地浮上海面，爬上了那個小島。

那個小島由於四周圍浪頭太大的緣故，本來面目難以認得清。他們上了島之後，立即發現一條小路蜿蜒地通向前去，那條小路是硬從岩石中開出來的。

向前走出了五十碼，便看到了一個山洞，那山洞的形狀，像是古墓的圓形拱門，各人取出了強力電筒，照射著走了進去，原來那個山洞也是硬開出來的，而在走進了十多碼之後，他們便看到了一個又一個的鐵箱，堆疊著放在山洞中。

幾個人七手八腳地打開了其中的一箱，簇新的鈔票在電筒的光芒下展露，木蘭花等三人看了，自然無動於衷，而蛙人隊長和其他蛙人一看到那麼多在他們本國可以通用的鈔票，竟人人呆住了作聲不得。

金錢對人的誘惑力實在太大了！

木蘭花連忙闔上了箱子蓋，那幾個人才透出了一口氣來。

木蘭花道：「好，我們的任務已完成了，趕快到軍艦中去作報告吧，我相信要將這批鈔票運出來，是十分花工夫的一件事。」

「穆小姐！」蛙人隊長道：「我接到秘密的命令，只將這批鈔票徹底毀去。」

「這自然是最聰明的辦法了，因為貴國的通貨已經足夠，根本不需要再增加了。」木蘭花點頭表示同意。

蛙人隊長忙碌地工作著，佈置下了炸藥，然後他們又回到了艦上，等到軍艦駛開兩浬的時候，X國經濟部的代表按動了無線電控制鈕，從遠遠傳來驚心動魄的爆炸聲，雜在浪聲之中，更是使人駭然。

「又可以回去休息了！」穆秀珍坐在椅上，無可奈何地說，她顯然是不喜歡休息的，她需要冒險。不斷的冒險！

超人集團

1 一齣好戲

人類剛在地球上出現的時候，生活一定是十分簡單的事，那時需要做的只是兩件事而已，那便是填飽肚子和繁殖後代。

但是，隨著人類文明的進展，人類的生活便越來越複雜，到了如今，生活的複雜已到了如此地步：可以說沒有一個人可以誇言自己真正懂得生活了，沒有一個人可能在他短短的一生之中，經歷過各種各樣的生活，對各種各樣的生活都有所認識——剛過了農曆年，還可以聽到零星的炮仗聲，天氣卻暖和得反常，穆秀珍躺在小花園的草地上，正在仔細地閱讀著一本叫《生活的藝術》的書。

當她看到疲倦的時候，她闔上了書本，望著蔚藍色的天空，回想著書中所講的話。

在她們住所旁的公路上，汽車來往比往常熱鬧，春光明媚，正是郊遊的好時光，人們趁著天氣好，到郊外來散散心，也是很合理的事情，所以汽車便來得特別多了。

穆秀珍本來倒也不覺得怎麼樣，可是忽然之間，似乎所有的車子全都按起喇叭來。

接連不斷的喇叭聲，使得在靜思中的穆秀珍大為不耐煩起來。

她從草地上跳了起來，也就在這時候，木蘭花在屋內大聲問道：「秀珍，公路上發生了什麼事？」

「誰知道！」穆秀珍一面說，一面身子一縱，便已經躍上了圍牆。

她站在圍牆上，可以看到公路上，汽車排成了兩條長龍，一條是由東向西，一條則是由西向東，兩條長龍的焦點，是離她們家約莫有四五十碼的地方，穆秀珍看到一輛「雷鳥」牌敞篷跑車停著，在那輛跑車附近的地上，有著一大灘血，在輪下還有一個黑影。

「輾死了一個人！」穆秀珍一看到這種情形，不加思索，便大聲回答。

木蘭花也已從屋中走了出來，這時候，一個老婦人正拉住了那輛雷鳥跑車的車門，在大聲吵嚷著，兩面排成長龍的汽車，則仍然不斷地按著喇叭。

那老婦人在嚷叫些什麼，自然聽不清楚，木蘭花到了鐵門口，抬頭道：「秀珍，快下來，你年紀也不小了，還是老愛跳跳蹦蹦的。」

穆秀珍扁了扁嘴，從圍牆上躍了下來，兩人一齊打開門，向前走去。

才走出了十來碼，木蘭花便回過頭來，道：「輾死的不是人，是一條狗。」

「誰說的，你怎麼知道？」穆秀珍剛才給木蘭花埋怨了幾句，心中仍是老大不服氣。

「第一，那老婦人是在吵嚷，而不是在哭；第二，她的手中還握著一條皮帶，但是附近卻沒有狗；第三，即使是離得最近的車子也在按喇叭，如果是輾死人的話，一定不會有這種情形的。」

穆秀珍翻著眼睛，她的心中竭力在找著反駁的語句，可是卻一句話也找不到。當她們繼續向前走去之際，穆秀珍也根本沒有話可說了，在那輛雷鳥跑車車輪下的，乃是一條毛色金黃的大狼狗。

駕駛車子的是一個阿飛型的年輕人，正在和那個老婦人爭吵，說是那條狼狗突如其來地衝了出來，他剎車不及，罪不在他。

這時，警察也已趕到了，和警察同時到達的，是兩個面目十分陰森的男子。那兩個男子身上的衣著十分名貴，但是他們的動作卻極之粗魯，和他們身上的衣著十分不相配。

那兩個男子一到，其中的一個便伸手抓住了那個老婦人，「啪啪」兩下耳光重重地摑在那老婦人的臉上，打得那老婦人口角直流鮮血。

而另一個，則不顧他身上價值至少在一百美金以上的新裝，伏到了地上，在沙塵和血泊之中，將那條死狗抱了出來。

照這樣的情形看來，那人似乎是狗主人。

那條狼狗十分巨大，而車輪則正在牠的頭上輾過，將牠的頭骨全都輾爆了，死得十分慘。

警察一到之後，按喇叭的人都下車來，圍成一個大圈來看熱鬧。

穆秀珍見那個中年人一出手就重重地摑了那老婦人兩下耳光，她如何忍受得住？大喝道：「喂，你為什麼出手打人？」

她一面說，一面將在她身前的人推了開去，來到那中年人的前面，手叉著腰，氣呼呼地發問。

那中年人仍伸手抓著老婦人的衣服，惡狠狠地道：「關你什麼事，小姐？」

那中年人的態度，引起了旁觀者的憤怒，人叢中有人叫道：「打！打！」

穆秀珍大聲問道：「該不該打？」

人叢中爆出了轟然之聲，道：「該打，該打！」

穆秀珍更是得意，擄拳振臂，向那中年人當胸就是一拳，打得那中年人一個踉蹌，向後跌去。

穆秀珍好生事，木蘭花是知道的。往常，穆秀珍生事的時候，木蘭花總是急急地將她拉開，可是這次卻是例外。

那並不是說木蘭花在鼓勵穆秀珍打架，而是她被另外一件事所吸引住了。

當穆秀珍和那中年人打起來的時候，人聲哄然，所有人的注意力全都被轉移了過去，連那警察也擠進了人群之中，但只有兩個人不在其列。

那兩個人，一個是木蘭花，另一個，就是那兩個中年人中的一個。

當那人一來到，顧不得地上的血污泥塵，將死狗抱出來之後，木蘭花就覺得事情十分蹊蹺。

那人面目陰森，表示他是一個極端的個人主義者——對一個極端的個人主義者來說，他當然是不會有愛心的，也不會因為狗死了而不顧身上的衣服。除非是木蘭花看錯了。

但木蘭花自信從一個人面部的表情，是可以看到一個人的內在性格的，所以她繼續注意那人的動作，而她在一加注意之外，心中便更加奇怪了。

只見那個人抱起了死狗之後，什麼也不看，就察看那死狗頭部。

死狗的頭部正是被車輪輾扁之處，血肉模糊，十分可怖，他看了看左眼，又看了看右眼，死狗的眼眶之中，實在已沒有眼珠了。

那人連忙將死狗拋去，伏在地上，拼命地尋找起來，看他那種惶急焦燥的形狀，像是他要尋找的，乃是一顆十克拉的鑽石。

狗身上當然不會有鑽石的，但是他在找什麼呢？——木蘭花冷眼旁觀著，心中充滿了好奇。

警車的嗚嗚聲又自遠而近地傳了過來，多了幾個警察，事情也容易解決得多了，那輛跑車的司機被抄牌，穆秀珍早已在人叢中擠了出來，面上帶著勝利的笑容，那個中年人衣衫破爛，當然他不是穆秀珍的對手，捱了一頓打。

而那老婦人則跟在那中年人的身旁，十分惶急地在解釋著，她所操的語言沒有人聽得懂。

另一個中年人，則仍在地上找著，撥著泥土，也不知他在找什麼。

一切事情都已解決了，但是車子仍未能開行，因為那人還趴在地上在尋找著，而且，在他的大聲叫嚷之下，那個剛捱了一頓打的人，和那老婦人也一齊伏在地上尋找了起來。

三個人在車下爬動著，車子當然沒法開動。

當那人在車下高叫之際，木蘭花想聽清楚他在叫嚷些什麼，但是她竟沒有法子聽得懂。

這更使木蘭花覺得十分奇怪。木蘭花在語言上的知識是極之豐富的，就算她聽不懂那一種話，她也可以在個別的音節上認出這是世界上哪一地區的話來，但是那人高叫的幾句話，木蘭花聽來，竟完全莫名奇妙！

一個警官走到車旁，在兩個中年人的肩頭上用力地拍著，大聲道：「先生們，你們在幹什麼？」

其中一人抬起頭來，道：「我們在找一樣東西，請你讓我們慢慢地找。」

「你們在找什麼，你們看，交通受阻塞已經達半小時以上了！」警官不耐煩地說。

那人站了起來，滿面塵土，大聲道：「我不管交通受阻塞多久，我們失去的東西必需找回來。」

「先生，被車子撞倒的是你麼？」警官幽默地問。

「當然不是我！」

「那麼何以你要在車下找尋東西呢？」

「狗是我的，」那人幾乎是在咆哮：「在狗身上的一樣東西不見了，我難道沒有權尋找麼？」

「當然你有權尋找，但是駕車的人更有權使用這條公路，先生，請你和你的同伴讓開！」那位警官十分客氣地勸說。

「不行！」那人額上流下了汗來，斷然拒絕。

這時，穆秀珍已回到了木蘭花的身邊，低聲問道：「蘭花姐，他們在搗什麼鬼？」

「我也不知道，但是卻是一齣好戲。」

「好戲？」穆秀珍不明白。

「看下去，別多問。」

那警官一揮手，五六個警員過來，將那老婦人和兩個中年人一起強拉了開去，兩個警察則指揮著車子行駛，看熱鬧的人又回到了車中，車子的長龍已經開始移動，雖然一時還不能恢復正常，但是一場風波已經平定了。

「蘭花姐，你說有好戲看，好戲呢？」穆秀珍像是覺得不夠癮。

「好戲，不一定是當場演出的。」木蘭花淡然回答，挽著穆秀珍的手向前走去，和她們相識的警員，紛紛和她們打招呼。

那兩個中年人本來還在不斷地掙扎著，但這時卻已不掙扎了，他們兩人不約而同地罵著那老婦人，他們講的是什麼話，可以說沒有一個人聽得懂，但是從他們的神態看來，可以知道他們是在罵人，而那老婦人則低著頭，一聲不出。

「蘭花姐，這兩個傢伙還在欺侮人，看我再去打他們一頓！」穆秀珍憤憤不平地說。

但木蘭花卻並不回答她，只是雙眼一眨不眨地望著那老婦人，突然之間，她高聲叫道：「警官先生，你不覺得那老婦人有異樣麼？」

那警官向木蘭花望了一眼，連忙走到那老婦人的面前，那老婦人的頭已垂得極低，那警官到了她的面前，便向抓住她的警員道：「你放手！」

那警員放開了手，老婦人的身子一軟，便倒在地上，一動不動了。

這時候，那兩個中年人也停止了叫嚷。

木蘭花連忙奔了過去，她一到，便屈一足跪了下來，捧起了那老婦人的頭，只見那老婦人的口角流下一道白色的涎沫，她的口唇焦黑，已經死了。

木蘭花放下了那老婦人，站起身來，道：「她死了，是中毒死的。」

「中毒死的？那不——」那個警官本來想說「那不可能」的，因為那老婦人在被警員抓住之後，還沒有人接近過她，她怎會中毒呢？

然而，當他向那老婦人一看之際，他卻說不下去了。稍有法醫常識的人便可以看出那老婦人正是死於中毒，何況一位警官。

「警官先生，我看你要拘留這兩個人了！」木蘭花向那兩個中年人指了一指。

那兩個中年人齊聲抗議，道：「胡說，我們連碰也未曾碰過她！」

木蘭花顯然不欲再牽涉進這件事情，她轉身便走，一面走，一面說道：「警官先生，你自己決定吧！」

從一輛跑車不小心輾死了一條狗，到忽然發生了命案，這位警官顯然陷入了極度的困惑之中，但是他卻不理會那兩個人的抗議，還是將他們押上了警車。

風波平息，車輛行駛恢復了正常，揚起的塵土早已將血漬蓋去，警察也已離開了。

木蘭花走出了五六碼，就在路邊站定，她一直呆呆地站著，望著路面，一聲不出。

穆秀珍在她的身邊來回踱著步，她看到木蘭花像泥塑木雕也似地站著不動，已足足有十五分鐘之久，她實在忍不住，大聲道：「蘭花姐，一條塵土飛揚的公路，有什麼好看？」

木蘭花不出聲。

「蘭花姐，我真佩服你，剛才你怎麼知道會有好戲看？那老婦人是怎麼中毒死的？」穆秀珍又提出了她心中的疑問。

但是木蘭花仍然不出聲。

又過了三分鐘，木蘭花突然向路中心竄去，一俯身，拾起了一件東西。

也就在這時候，一輛汽車飛馳了過來，立即作緊急剎車時，已然慢了一步，穆秀珍發出了一聲尖叫。

幸而木蘭花身手靈活，車頭一碰到了她的身子，她連忙一閃身，緊接著，手在車頭上一按，人已坐在車頭之上了！

駕車者從窗中探出頭來，大罵道：「喂，你想死啊！」

「對不起，對不起。」木蘭花陪著笑，躍了下來，回到了路邊，那駕車者抹了抹汗，繼續駕車而去。

木蘭花回到了路邊，攤開手掌來。穆秀珍連忙定睛看去，只見在木蘭花手掌心的，是一枚小石子。

「咳，這是一塊石頭。」

木蘭花將石頭在手中拋了拋，順手將之拋出，苦笑了一下，道：「不錯，只是一塊石頭，我還當作是我要找的東西。」

「你要找什麼？」

「我也不知道。」

穆秀珍望著剛才差一點給汽車撞死的木蘭花，她不知道木蘭花有什麼不妥。

而木蘭花這時也不再望向路面了，她轉過身，道：「回去吧。」

兩人回到家中，木蘭花坐在沙發上，手托著頭，一動不動，穆秀珍仍然躺在草地上看書，可是穆秀珍這時卻沒有法子集中精神了。

她看了兩頁，便向窗中去張望木蘭花，木蘭花仍是坐著不動，等她潦潦草草地將那本書看完，木蘭花仍是未曾動過。

穆秀珍走了過去，大聲道：「唔，蘭花姐，你可是中了邪麼？」

「別胡說！」木蘭花總算抬起了頭來，動了一下。

「哼，要不是中了邪，怎會差點給車撞死？」

「秀珍，那是我太出神了，所以才不知道有一輛汽車正駛過來的緣故，唉，高翔怎麼還不來？」

「咦，你什麼時候約他來的？」穆秀珍睜大了眼睛，奇怪地問。

「我沒有約他，但是他一定會來的。」

穆秀珍眨了眨眼睛，不知道木蘭花葫蘆之中賣的是什麼藥。

也就在這時，外面傳來了「叭叭」兩下喇叭聲，穆秀珍轉頭向外看去時，只見高翔已從車子之中走了出來，穆秀珍呆道：「蘭花姐，你什麼時候學會喚風呼雨，隨意拘人的本領了。」

「別亂說，你想想，那警官將這兩個人帶到警局，高翔一知道事情發生的時候我們也在場，他怎會不來看我們呢？」

一經說穿，事情便變得十分簡單了。

木蘭花開門，高翔走了進來，向兩人點頭為禮。

木蘭花第一句話就問：「那兩個中年人可是已經離開警局了麼？」

「是的，」高翔皺了皺濃眉：「他們兩人是從菲律賓來的商人，經營正當的商業，我們都已經調查過了，一點可疑之處也沒有。而那個老婦人則是他們的僕人，她死於中毒。」

「我早已知道了，使她致命的是什麼毒藥？」

「剖驗的結果，竟沒有結論，那老婦人的胃液在經過處理之後，凝成了一種奇異的結晶，化驗室的人員竟驗不出那毒藥的名堂來。」

「噢，這兩個人……還是十分可疑。」

「當然是，但是那老婦人死的時候，是在眾目睽睽之下，那兩人只不過是在罵老僕，並未碰到那老僕的身子，所以我們也不能拘留他們，只能對他們兩人進行監視跟蹤。」

「他們可曾說出，他們當時急於尋找的是什麼東西？」

「沒有，我問他們，但是他們卻推說那只不過是一件富有紀念意義的東西，找不到也就算了。」

木蘭花背負雙手，來回踱著步，客廳中十分沉寂，直到木蘭花開口。

木蘭花道：「我向你要求一件事，你肯答應？」

「噢，當然肯的。」高翔受寵若驚。

「你去下令，撤退對那兩個人進行跟蹤監視的所有人員。」

「這個——」高翔猶豫了一下，才道：「好，我立即就去下命令。」

「你下了命令之後，請再來我們這裡，我相信真正的好戲還在夜間，你要攜帶紅外線望遠鏡，只是你一個人來就好。」

高翔點了點頭，道：「蘭花，照你看來，這是一件什麼性質的事件？」

「暫時我還難以定論，但是那老婦人是自殺的，這卻是可以肯定的事。」

「自殺，她為什麼要自殺？」

「當然是畏懼在失寶之後遭到嚴厲的懲處，當那隻狗輾斃的時候，是由她牽著的。」

「如果她是一個正當商人的傭婦，她何以會用這種方法自殺呢？」高翔沉思著：「這是特務集團和控制極其嚴密的匪幫才用的方法！」

木蘭花搖了搖頭，道：「那我就不知道了，我們今天晚上或者可以有一個答案，或者永遠也不會有答案了！」

「好，我天色一黑就到。」

「晚一點也不妨事的。」木蘭花笑著回答。

穆秀珍「哼」地一聲，道：「高翔，你只想多點機會和蘭花姐在一起，可是蘭花姐卻又偏偏不喜歡和你在一起！」

高翔紅著臉，尷尬之極。

木蘭花笑道：「那麼，高翔，你早一點來吧。」

木蘭花一句話便令高翔解了圍，高翔感激地望了木蘭花一眼，便匆匆地走了出去。

等到高翔出去之後，穆秀珍才道：「蘭花姐，你常常說我年紀不小了，不該胡鬧，我知你年紀當然更不小了，是不是？」

木蘭花一時之間，不明白穆秀珍這樣說法是什麼意思，隨口答道：「是啊，當然不小了。」

「哈哈！」穆秀珍疾跳了起來，指著木蘭花，道：「好啊，男大當婚，女大當嫁，人家那麼有意思，你還不作考慮麼？」

她只當自己的話一講完，木蘭花一定會來追她的，所以她連忙向門外奔去，可是木蘭花卻只是漠然笑了一下，便轉過了身去。

而當她轉過身去的時候，穆秀珍只聽得她發出了一下嘆息聲。

穆秀珍呆呆地站在門口，她不知道木蘭花的心中在想些什麼，看她的樣子，彷彿心事重重，她又有什麼心事呢？

木蘭花走上了樓梯，將自己關在書房之中，直到穆秀珍弄妥了飯菜，高聲叫嚷，她才走了出來，看樣子，她整個下午都在沉思，所以在吃飯的時候，也有點神思恍惚的樣子。

穆秀珍也不敢再說什麼，吃過晚飯之後，木蘭花揀出了兩張輕音樂唱片，在美妙的音樂聲中，天色漸漸地黑了下來。

2 古怪符號

八時正，高翔來了。

他不但帶來了有紅外線配備的望遠鏡，而且還帶了裝有紅外線攝影裝置的遠端攝影機，木蘭花和他開始忙碌起來，他們將攝影機裝在二樓的一個窗口上，鏡頭對準了日間發生車禍的地方。

他們伏在窗口，用望遠鏡觀察著那地方，那地方離他們只不過六十餘碼，在望遠鏡中看來，路面的小石塊也可以看得十分清楚。

他們等著，穆秀珍起先也和他們一起等著，但是隨即不耐煩起來，因為在公路上，除了偶而有一輛汽車駛過之外，什麼也沒有，穆秀珍不知道木蘭花在等什麼，便自顧自去找消遣去了。

高翔也不知道木蘭花所要等待的是什麼，但是他卻並不離開；他非但沒有離開的意思，而且還希望永遠地這樣等下去。

他這時就蹲在木蘭花的身邊，從木蘭花身上發出的陣陣幽香，沁入肺腑，令得他有些想入非非，他雙眼雖然對準了望遠鏡，但是路上發生了一些什麼事情，老實說他一點也不知道。

高翔心中暗忖，自己和木蘭花相識已有很久了，自己對她的愛慕之意雖未明言，木蘭花是一個絕頂聰明的人，自然不應該不知道的，可是她卻一點表示也沒有！

高翔本來是情場老手，但是在木蘭花的面前，他卻像一個初涉情場的少年一樣了。

時間慢慢地過去，已是午夜十二時了。

高翔已換了好幾卷菲林，而木蘭花仍是在望遠鏡面前不動。

穆秀珍跑上跑下，看了好幾次，最後，她忍不住大聲問道：「蘭花姐，你究竟在等什麼，等天亮麼？」

「你先去睡好了！」木蘭花的回答很簡單，也很堅決，這表示她要繼續等下去。

穆秀珍聽了，向外走了開去。

這時候，路上來往的車輛已越來越稀少，時間也漸漸到了凌晨二時，木蘭花才嘆了一口氣，道：「我估計錯了，我以為他們會晚上來，但如今看來，他們在下午就已經來過了。」

她講了這幾句話之後，又喃喃地道：「但這是不可能的啊，一整天公路上來往的車輛都非常之密，我自己也曾嘗試過，是不可能在路上找東西的。」

「蘭花，」高翔忍不住問道：「你是說，他們會回來找東西？」

「是的。」

「可能他們日間已來了，你知道，如果他們要找的東西是金屬製品，他們根本不必費神去尋找，用一輛車底裝有強磁性吸鐵的車子，和一種探測儀器，只消車子疾駛而過，就可以將東西從路面上吸起來了。」

「如果不是金屬製品呢？」木蘭花反問。

「那他們也可以用其他的科學方法，而不必笨到用人來尋找的。」

「你又怎麼知道他們有足夠的科學設備利用呢？」木蘭花進一步地反問。

「這個——」高翔窘住了，答不上來。

木蘭花又轉過身去，湊在那望遠鏡上觀看。

高翔也不敢再說什麼。

天色慢慢地亮了，不必借助紅外線設備，也可以看清公路上的情形了。

木蘭花頹然地在椅子上坐了下來，道：「這個謎，只怕永遠也解不開了。」

高翔道：「那我們是不是要繼續跟蹤這兩個人呢？」

木蘭花手托著額，半晌不出聲，突然，她猛然地抬起頭來，道：「那輛車子是什麼人的？」

「什麼車子？」

「那輛雷鳥跑車，車牌號碼是Q三九九號。」

「啊，」高翔對於木蘭花事無鉅細都加以注意的觀察力和記憶力表示欽佩，便說：「那是本市著名的花花公子丁培，丁培的父親在市政府中有著十分大的勢力，我看這件事當然只好不了了之了。」

「丁培住在什麼地方？」

「他？那可說不定，他有三個住家，他——」

「別廢話了，快告訴我，快去找他住在哪裡，我們或許還可以來得及！」

高翔也被木蘭花急促的語調弄得緊張起來，他連忙向樓下走去，準備去打電話。

可是，他剛到了電話的旁邊，電話便大聲地響了起來，將坐在沙發旁的穆秀珍驚醒。

高翔拿起電話，有人大聲叫道：「高主任麼？局長找你。」

接著，便是方局長的聲音：「高翔，有嚴重的案子了，你知道丁培麼，他出事了。」

「丁培！」高翔的手一震，幾乎連電話都握不住！

「唉，已經遲了！」木蘭花的聲音在高翔的身後響起：「丁培遭到了什麼事？」

「他在公主路的住宅中，聽到車房中發出異聲，起身去察看，可是才一進車房，便被重物擊中後腦，如今昏迷不醒，他的父親通過市政府的要員，對警方施加極大的壓力！」

「哼，如果他不逞英雄，或許就沒事了，」高翔十分不滿意地說：「就是這些麼？」

「還有，他的一輛跑車的前右胎，被人給盜走了。」

「啊，這是什麼原故，會不會他利用車胎走私，起了內鬨？」高翔立即問。方局長還未曾在電話中回答，木蘭花已經代答道：「當然不會，丁培的父親資產以億作單位計算，他怎會去走私。」

「你快回來，我們商議對策，我怕蘭花小姐對這件事不會有興趣的吧！」方局長在電話中大聲叫嚷，以致在高翔旁邊的木蘭花也可以聽到他的聲音。

「不！」木蘭花湊近了些，大聲回答：「我很有興趣，希望得到有關此案的一切資料。」

「那太好了，」方局長十分興奮：「請你也來吧。」

「我昨天未曾睡過，」木蘭花打著呵欠道：「所以我想遲一步才參加偵查行動。」

「噢，那麼高主任快來了再說。」方局長講完了這句話之後，就收了線。

高翔放下電話，便向外衝了出去。

穆秀珍望著高翔的背影，道：「可憐的傢伙，本來他的日子何等逍遙自在，如今卻由不得他了！」

木蘭花嚴肅地道：「本來他是社會上的敗類，但如今他卻為社會安寧在貢獻著自己的力量，你怎可以說他是可憐蟲。」

穆秀珍想不到自己隨便一說，會引得木蘭花發出一頓教訓，她吐了吐舌頭，不敢再說下去。

木蘭花上了樓，到了臥室中，拉上窗簾，和穆秀珍兩人，蒙頭大睡了起來。

這一覺，她們睡到下午，方始先後醒了過來，等到她們收拾定當時，又是傍晚時分了。

神情憔悴的高翔趕到了她們的家中，沮喪地道：「什麼結果也沒有，丁培仍然昏迷不醒，這個花花公子專門玩弄女性，他的仇人很多，我想——」

高翔未曾講完，木蘭花便搖了搖頭，道：「不，到公主路丁培家中去的人，純粹是為了那個車胎，如果丁培不是聽到了聲響而起來察看的話，那他便什麼事情都沒有了。」

「為了那個車胎？」

「是的，如果我早想到片刻，那麼或許不致於出事，如今，一點線索也沒有了。」木蘭花一面說，一面無可奈何地苦笑著。

「線索倒不是完全沒有。」高翔忽然說。

木蘭花眼睛一亮，道：「什麼線索？」

「這個，昏迷不醒的丁培一直抓在手中，然而已經他的家人確認過，這並不是他的東西，可能是他受擊之後，在敲擊他的人身上抓下來的。」

高翔一面說，一面取出一件東西來，放在雲石咖啡几上面。

那東西十分普通，是半截鎖匙鍊，連著一個鎖匙圈，在圈中，有著三把鑰匙。這種線索，有了也等於沒有，因有千千萬萬的人，口袋中都會有這樣的鎖匙串，而那三柄鎖匙是用來開什麼東西的，也根本無法知道。

然而，木蘭花看到了這東西，卻是十分有興趣，因為在那鎖匙圈中，除了三柄鑰匙之外，還有一個龍眼大小，金光閃閃的圓球。

這是鎖匙圈中的裝飾物，本來也是極之普通的東西，但木蘭花卻看出不尋常之處來。第一，她一眼便認出那是真金所鑄的。

而且這不是普通的一個球，而是一個製造得十分精細的地球模型，不但各大洲凸出少許，連著名的山川河流都可以看出來。

木蘭花將注意力放在那個金質的小地球上，她一手將之拿了起來，便看到在地球的太平洋部分刻著兩行文字，可是她卻看不懂那是什麼字。

那是一種十分奇異的字母所組成的，看來有點像中國古代的甲骨文，但是卻又不是。

木蘭花翻來覆去地看了一會，抬起頭來，高翔不等她發問，便道：「我去問過文字專家了，文字專家說，這根本不是文字，地球上沒有這種文字，這個金質地球是可以打開來的，它的內壁更是刻滿了這種古怪的符號！」

這時，木蘭花也發現金球的當中有一道極細的縫，她用力一扳，金球便成了兩半，在金球的內壁，果然也全都是那種「文字」。

「嘿，」木蘭花抬起頭來：「這些人看來像是來自別的星球一樣，他們講的話，不屬於地球上的任何角落，他們的文字，又是在地球上從來也未曾出現過的。」

「你說什麼？」高翔對木蘭花的話感到愕然。

「我肯定這鑰匙是屬於那兩個菲律賓來的『正當商人』所有，他們叫什麼名字，住在什麼地方？」木蘭花一連串地發問。

「他們兩個人住在一起，全是單身漢，一個叫法南度，一個叫森里美，名字倒是菲律賓名字，他們的住處，說來巧了，他們和你們是鄰居，你們來看——」

高翔走到窗前，向東南方向指著。

那裡，在鄰近峭壁（峭壁下是海灘）的高地上，有著四幢一樣格式的小洋房，那是一個建築商造來分幢出售的，叫作濱海新村。離木蘭花住的地方有大半哩路，這時天色黑了，看過去可以看到這四幢屋子中所發出的燈光。

「噢，原來他們就住在這裡！」穆秀珍感到十分好奇。

「那還用說麼？當然他們是住在附近，要不然他們的狗又怎會在這裡出事？」

「他們住在濱海新村第三號，就是由右至左第三幢屋子。」高翔向前面指著。

那一幢屋子是四幢屋子中燈光最微弱的一幢。

木蘭花拋了拋手中的鑰匙，道：「好，那麼這串鑰匙，可能交給我保管嗎？」

「噢，不，」高翔拒絕了木蘭花的要求，同時向木蘭花發出了一個會心的微笑來：「還是由警方來保管，來得妥當些。」

「別忘記這三柄鑰匙可以打開什麼東西，是由於我的提示，你才知道的啊。」木蘭花不肯放手。

「喂，你們究竟在爭什麼？」穆秀珍大不耐煩：「這三柄鑰匙有什麼用，可以用來開啟所羅門王的寶藏？爭來爭去做什麼？」

「高先生，」木蘭花正色道：「這三柄鑰匙歸我，如果我勞自無功，自然會還給你的，你在我未曾有結果之前，絕不准干擾我的行動。」

「可是，蘭花，」高翔十分躊躇：「我覺得這件事十分奇怪，處處透著一種神秘的氣氛，如果你一個人去涉險的話——」

不等高翔講完，木蘭花便打斷了他的話頭，道：「本市是國際知名的大商埠，也是各國的特務、間諜、盜賊集團、走私集團的集中地，在這樣複雜的一個地方，本來就是什麼怪事都可能發生的，這又有什麼值得奇怪之處呢，你快回去吧，我看你也該休息了。」

木蘭花最後的那一句話中的關切之意，令得高翔不能再和她爭辯下去。

「喂，蘭花姐已經向你下逐客令了，你還不走麼？」穆秀珍老實不客氣地對高翔大叫。

高翔走到了門口，又回過頭來，道：「蘭花，小心啊。」

「只要你不愚蠢地在附近佈滿了密探的話，我是絕不會出事的。」

木蘭花的回答令得高翔怔了一怔，從高翔的神情來看，他本來顯然是準備去下令「佈滿密探」的，但給木蘭花這樣說了之後，他或者不會了。

木蘭花笑了笑，道：「你還不回去麼？」

高翔輕輕地嘆了一口氣，走了出去，隱沒在黑暗之中。

高翔一走，穆秀珍便喜孜孜地來到了木蘭花的面前，道：「蘭花姐，你做得對，高翔這傢伙笨手笨腳，有他在一起，只有誤事，今天晚上，我們兩人一起去行事，那再好也沒有了。」

「行事？行什麼事啊？」和穆秀珍興奮的態度相反，木蘭花只是冷然反問。

「咦，你不準備去夜探匪穴麼？」

「沒有這回事，早些睡吧！」木蘭花打著哈欠，又回到了臥室之中。

穆秀珍對著木蘭花的背影發愣，但是過不多久，她便指手畫腳，最後，若有所悟地點了點頭，看她的神情，像是有了決定。

當天晚上，一切都似乎很平靜，穆秀珍也絕不再提起「晚上行事」的話來。過了午夜，兩人都上床就寢，穆秀珍假裝閉上了眼睛，過了一會，她甚至於發出輕微的鼾聲來。

她發出輕微的酣聲來，是向木蘭花表示她已經在熟睡中了，木蘭花一定會起來的，可是木蘭花只是向她望了一眼，微笑著翻了一個身，不多久，她卻真的進入了睡鄉之中。

穆秀珍左等右等，一直到了凌晨三時，木蘭花仍是一點動靜也沒有，她不禁嘆了一口氣，終於敵不住疲倦的侵襲而睡著了。

在她睡著之後不到半小時，木蘭花就醒了過來。木蘭花輕輕翻了一個身，看了看床頭的鐘，又看看穆秀珍，一躍而起。

她的行動，一點聲息也沒有，一分鐘之後，她已出了臥室，五分鐘之後，她已換好衣服，帶齊了足夠的工具，離開了住所。

木蘭花只當她自己的行動，穆秀珍是一定不會知道的，因為穆秀珍是一個睡著便不會容易醒的人，而且木蘭花肯定穆秀珍在她睡著的時候，一定醒著，如今當然也已非常疲倦了。

木蘭花算得十分準確，可是人算不如天算。當木蘭花越過公路，已到了濱海新村附近之際，也就是在她離開之後二十分鐘左右，穆秀珍卻醒了。

穆秀珍不是自己醒過來，而是被兩輛追逐超速的汽車喇叭聲吵醒的，她還老大不願意，可是當她看到對面床上木蘭花已經不在了的時候，她睡意全消，跳了起來，五分鐘後，她匆匆地趕出了門口！

那時候，木蘭花已經在打著瞌睡的濱海新村看更人身邊，像一個幽靈也似地滑過，到了新村裡面，藉著林木的遮掩，到了三號的門前。

那房子的門前，有著一盞燈，木蘭花一到了門前便取出了鑰匙來。她先四面看了看，新村內靜悄悄地，在如今這個時候，當然所有的人都睡了。

這本來是行事最好的機會，但是木蘭花卻覺得十分奇怪。

她四面看了一下，心中更覺得不對頭，因為鄉居的人大都有養狗，何以這裡竟沒有狗呢？若是有狗的話，為什麼又不吠呢？

木蘭花只是略為猶豫了一下，她當然不能就此退了回去，她取出鑰匙來，用其中最大的一柄，插入了大門上的鑰匙孔中。

鑰匙恰好插了進去，木蘭花的心中也不禁十分緊張，因為這時候，警方還沒有任何證據可以控告那兩個人，那兩個人還受著法律的保護，而她這時的行動則是犯法的，如果她被當場捉住的話，那麼警方就要十分尷尬了。

她的行動十分小心，緩緩地轉動著鑰匙，終於，「卡」地一聲，鎖已被打開了。

木蘭花用力推了推門，她仍然推不開門。木蘭花取出一柄小鋸子在門縫中插了進去，迅速地移動著，等到碰到障礙的時候，她便用力鋸動著。

她那柄小鋸子是特種合金鋼製成的，硬度達到十一點二，可以鋸開普通用來作為門栓的金屬。

她碰到了兩處障礙，都將之鋸開，只不過用了兩三分鐘的時間。

而當她鋸了這兩處門栓之後，用力一推，那扇門已經被她推了開來。

木蘭花一推開門，便立時閃了進去，一閃了進去之後，又輕輕地關上門，順手將門鎖的掣鈕扳上，那樣，門便變成虛掩著的了。

那樣的話，如果情形對她不利，她要退出來的時候，也就容易得多了。

她向前看去，只是一片漆黑。

木蘭花取出了小型紅外線觀察器，放在眼前。

眼前出現了一片暗紅色的情景來，那是一間十分寬大的屋子，客廳中的陳設也十分講究，可以看得出，每一處地方都曾經過室內裝修師的設計。

大廳中並沒有人，有一道樓梯通向樓上，木蘭花先以極其迅速的身法，將大廳中的幾扇門都打了開來，看了一看。

通向廚房的門，通向橫廳的門，通向飯廳的門，都一個人也沒有。

木蘭花開始向樓上走去，然而，她才在鋪著厚厚的地毯之上走了六七級，便突然聽得客廳中響起了一陣如同鋸鐵似的聲音。

那股聲音來得如此突然，如此刺耳，令得木蘭花陡地一呆。

她連忙回過頭去，不禁又是一呆。

只見在客廳上鋪著地毯的地板上，忽然出現了一道縫，那道縫中，有亮光射出來，而且那道縫還在漸漸地擴大。

這種情形，看在別人的眼中，可能有莫名其妙之感，但是木蘭花一看，便立即知道這間屋子中有著極精其精巧的機關佈置，如今，正有人從客廳的地板下面走上來！

木蘭花四面一看，她在樓梯的欄杆上，輕輕地按了一按。

她的身子越過欄杆，向下躍去，隱在一架大鋼琴的後面。

這時候，那種鋸鐵的聲音已不如剛才那樣吵耳了，但是還有「吱吱」的聲音傳出。

木蘭花在鋼琴的後面，向前偷偷地看去，只見大廳之中，越來越是光亮，大廳的地板上，已出現了一個四呎見方的洞，原來的地板，連同地毯，一齊向旁移了開去，而一架升降機則自地下升了起來。

居然有升降機升起！木蘭花不禁完全呆了。

木蘭花在知道了那兩個人住在這裡的時候，她已經用一番功夫來研究濱海新村的地形，濱海新村四幢房子，每一幢都建在峭壁邊上，屋子之下，便應該是峭壁。

剛才木蘭花看到地板移動，還當這裡至多只不過有一個地窖而已，如今，在地上升起來的，卻是一架升降機！

那升降機全是用不鏽鋼製成的，升上來的時候，十分穩定，而那顯然是利用油壓器，或是相同的原理造成的，因為在升降機的上面並沒有鐵鍊，而是由下面頂上來的。

要動用到升降機，可見在這幢屋子的下面，一定有著規模極其宏大的秘密場所了，那是什麼場所呢？

木蘭花一面迅速地轉著念，一面仔細地向前看去，只見升降機停了，走出了兩個人來。

一個是身子十分矮小的人，那人的身材雖然矮小，但是雙肩寬闊，鷹鼻深眼，一看便看得出，他是一個日耳曼民族。

而另一個，木蘭花則是見過的，那人不是森里美，就是法南度。兩個人跨出了升降機，便站著不動，而升降機縮了回去，地板立時合攏，回復了原狀。

那矮胖子伸手在另一人身上拍了拍，說了幾句話，那人也回答了幾句。

木蘭花躲藏的十分好，她想聽一聽兩人究竟在講些什麼，那至少對此行有些幫助，但是她仔細地聽著，卻不禁為之愕然。

她不期而然地想起自己所想到的一件事來：這些人似乎是來自別的星球的，他們講的究竟是什麼話呢？

那兩個人所講的，是超乎木蘭花所有的語言知識範疇之外的。

而木蘭花聽著，她憑著超人的記憶力，幾乎已將這兩人所說的那幾句話的音節，全部記了下來，但是她仍然不能明白這些話是什麼意思。

她仍然躲在鋼琴後面不動，那兩個人一齊向樓梯之上走去。

木蘭花抬頭向上看去，兩人已走到樓梯的一半當中。木蘭花心中想，若對方只有一個人的話，那麼自己或者可以立時撲擊出去，但是如今對方卻是有兩個人之多，如果自己一擊不中的話，誰知道這所屋子和那裝置有升降機的地窖之中還有多少人呢？

木蘭花忍著，在等候機會。

可是也就在此際，突然聽得樓上的一個窗子上，「砰」地一下，傳來了玻璃破裂的聲音。

那兩個正在樓梯半途的人，一聽到這聲音，立時分了開來，貼牆而立。只聽得到玻璃破碎的聲音之後，又有窗栓被拔動的聲音。

那分明是有人從屋外爬上了牆，想弄破玻璃，拔開窗栓，推開窗子進入屋中。

木蘭花心中不禁好笑，暗忖天下怎有這樣的笨賊？就算人家在熟睡中，這陣玻璃的破裂之聲，也難免將人吵醒的。自己還是不要出聲，看看這兩個人怎樣對付這個笨賊！

她看到那兩個人在貼牆而立之後，都在袋中取出了一件奇異的東西，握在手上。

那東西，木蘭花從來也未曾看到過，它看起來像是一柄槍，但是槍管卻十分長，而且是軟的，看來可以隨意彎曲的，兩人握在手中，那當然是一件武器，可是對於武器知識如此豐富的木蘭花，卻也說不出那是什麼武器來。

木蘭花又不由自主地想起外星人來，她不禁苦笑了一下，眼前這兩個人，一個是東方人，一個是西方人，他們當然是屬於地球上的人類，但是何以他們的一切，又和地球上的人類距離得那麼遠呢？

木蘭花的視線慢慢向上移動，她看到有一條人影，從窗外跳了進來。

木蘭花一看到那條人影，心中不禁怦怦地亂跳了起來！

從窗口跳進來的那人，身材頎長苗條，一身黑色夜行衣，長長的頭髮，用黑絲帶束著，那，那正是穆秀珍。

木蘭花雖然機智百出，但是突然之間出現的「笨賊」竟是穆秀珍，這乃是萬萬意料不到的事，木蘭花也不禁呆住了！

3 外星信號

穆秀珍躍了進來，在樓梯口張望了一下，她竟粗心到沒有看到那兩個貼牆而立的人！

她向樓梯之下走來！那德國人立時揚起手中的武器，可是菲律賓人卻已看清了那是穆秀珍，他立即一揚手制止了德國人的行動，一步跨了出去，喝道：「站住！」

突然有人從黑暗之中閃了出來，穆秀珍不禁陡地呆了一呆。

而這時，她正從樓梯上走了下來，心中一慌，一腳踏空，整個人向下跌了下來，向那菲律賓人直撞了過去。

穆秀珍這一下動作，可以說是出乎意料之極，那菲律賓人呆了一呆，「砰」地一聲，已被穆秀珍撞中，

穆秀珍十分知道隨機應便，她一撞倒那人，立時揮拳向那人的下顎重重擊了一拳，兩人一齊向樓梯之下，骨碌碌地滾了下來。

木蘭花躲在鋼琴後面，一見到有這樣好的機會，如何還肯放過？她猛地一縱身子，從鋼琴後面猛地跳了出來，而這時候，那德國人正急步從樓梯之上走了下來，看他的情形，是準備將穆秀珍和那菲律賓人分了開來，但是他才向下走了幾級，木蘭花便已掠過了欄杆。

那德國人倏地揚起手中的武器來，木蘭花身子一伏，人伏在樓梯上，雙手抓住了那德國人的右腳，猛地一抖抖起，那德國人怪叫了一聲，整個人越過了欄杆，跌到鋼琴之上。

他沉重的身子壓在鋼琴蓋上，將鋼琴壓碎，鋼琴的琴鍵受了重壓，發出了一連串樂音來。木蘭花也不再理會他，三步併作兩步，跳到了樓梯下面，穆秀珍也跳了起來，叫道：「蘭花姐！」

就在這時候，那種鋸鐵的聲音又在客廳之中響了起來。木蘭花一拉穆秀珍，衝到了門旁，拉開門，便向門外走了出去。

穆秀珍叫道：「蘭花姐，你看，這房子的地板會移動！」

木蘭花拉著穆秀珍向外衝了出去，她聽到背後響起了幾下「嗤嗤」的聲音，有幾溜火光在她們的身邊飛了過去。

木蘭花拉著穆秀珍，直到到了另外一幢屋子的轉角處，才停了下來，喘了一口氣。

可是，木蘭花立即聽到那幢屋子的窗子被推開的聲音，在窗子中，有人在叫著，那個人叫的也是一句木蘭花所全然聽不懂的話！

木蘭花陡地一呆，她一回頭，清清楚楚地看到那幢屋子是濱海新村二號。

但二號和三號，在如今這樣的情形之下，是一樣的了，因為木蘭花明白，整個濱海新村，可能就是這些操著奇異的語言，用著奇怪的文字，做著奇怪的事的人所盤據著。

這些人究竟是什麼人，在做些什麼，木蘭花這時也沒有法子去細想了。她只是連忙又拉著穆秀珍向前奔了出去，奔出了十來碼，已到了峭壁邊上。

峭壁邊上是有欄杆圍著的，木蘭花低聲道：「快，快跳過去！」

兩人一齊翻過了欄杆，也就在她們的手剛一離開欄杆之際，「嗤」地一聲，一溜灼白色的火光射到了欄杆上，爆了開來。

而那欄杆被那溜火花射中的地方，竟消失了四五吋長短的一截！

穆秀珍吐了吐舌頭，兩人在峭壁上迅速地攀援著，等到峭壁上面出現人影的時候，她們一鬆手，從四五碼高的峭壁上跌到了海水中，迅速地向前游了開去。

游開了四十多碼，她們才從海水中浮了上來，只見有七八個人也正在順著峭壁攀下來，木蘭花忙道：「快，再潛下水去，這裡海底的情形，你可熟悉麼？」

穆秀珍這時也知道了事情的嚴重性，她連忙點了點頭。

「我們必需盡快上岸，由你帶路。」木蘭花說。

兩人又沉下了水，在漆黑冰冷的海水中，迅速地向前游著。

穆秀珍對這一帶的海底情形是十分熟悉的，可是這時候海底黑成一片，什麼也看不到，而人究竟是陸地上的動物，在海底下游著，要辨明方向，並不是容易的事情。

不但在海水中，就是在陸地上，要保持直線前進也不是容易的事情，她們兩人在海水中游著，不時探出頭來，那幾乎是突如其來的，她們覺出自己已置身在漆黑的海水之中，什麼辨別方向的憑藉都沒有了。

「秀珍，我們是在什麼地方？」

「我……也不能確定了。」

「唉，你不是說對這裡很熟悉的麼？」

「嘿，」秀珍尷尬地笑了笑：「我看天也快亮了，我們等到了天亮，不就可以辨明方向了麼？」

「當然是，但是天亮了，人家可也就發現我們了！」木蘭花十分不高興地說。

「我看他們不會有那麼大膽吧！」

「不會那麼大膽？他們所用的是什麼武器，你知道麼？」

「不知道。」穆秀珍想起了剛才那道灼熱的火焰，和被燒熔了的鐵欄杆，又不禁吐了吐舌頭。

也就在這時，海邊之上，在她們的面前，突然出現了一串綠色的光點。那一串綠色光點，每一點之間的距離是相等的，連成一串，估計有半哩長。而且，那一串光點正在迅速地移動著，等到木蘭花和穆秀珍兩人又遊近了一些的時候，那一串光點已經成了圓環形。

穆秀珍心中奇怪，問道：「蘭花姐，你看這是什麼怪東西？」

木蘭花並不作聲，她只是舉起手來，示意穆秀珍不要再向前游去。過了片刻她才低聲說：「你看到了沒有，有兩艘小艇正拖著那串光點在移動！」

穆秀珍竭力向前望去，果然看到在光點的盡頭處，隱約有兩隻小艇的影子。她笑了起來，道：「蘭花姐，我們還不大聲叫喚麼？我看那一定是夜間在捕魚的船，他們在撒網。」

「我看不是。」

「那麼是什麼？」

「我看這像是一種信號。」

「信號？」穆秀珍莫名其妙：「是發給什麼人的信號？海面上沒有其他的船隻啊。」

「你再看下去，就會明白了──」木蘭花抬頭望向漆黑的天空，她突然向上一指，道：「你看，天空上也出現這種綠色的光串了！」

穆秀珍連忙抬頭向上望去，果然，天空中也有一點一點綠色光芒所形成的一圈，在迅速地移動著，看來像是一架夜航的飛機。

但是，當那在半空中的光串移動的時候，卻是一點聲息也沒有的，這使得眼前的氣氛，變得極其詭異，極其可怖。

穆秀珍不由自主地緊緊握住木蘭花的手臂。

她們看到天上綠色的光點在向海面上的綠光移近，並且在迅速地下降，不一會，她們便看到了一個龐然大物。

那自天空降向海面的龐然大物，是木蘭花和穆秀珍兩人所從來未曾見過的。它是六角形，六角形的每一邊，約莫都有十呎。

而其中的一邊，則突出一條極其複雜的旋轉天線，像是一條尾巴，以致那龐然大物看來，就像是深海中的魔鬼魚一樣。

如果不是有那一串綠色的燈光在照耀的話，那麼那龐然大物的顏色，幾乎和漆黑的天空，漆黑的海水完全一樣，根本看不出來。

而當那龐然大物越降越低的時候，他們兩人又可以看出，在六角形的平板上面，有著如同船艙也似的裝置，而觸鬚也似的天線，更是到處都是，整個看來，那龐然大物竟是一艘空中飛船！

穆秀珍看得張大了口，闔不攏來，直到那空中飛船在海面上停下，所有的燈光一齊熄去，幾乎看不到那艘飛船的存在了，她才低呼一聲，道：「老天，蘭花姐，這是什麼？我們是目睹外星人到地球上來了麼？」

木蘭花並不出聲，過了好一會，她才說：「可惜我們身邊沒有望遠鏡。」

「蘭花姐，你說這飛船是不是外星人的？」

「當然不是。」

「你怎麼這樣肯定？」

「所謂別的星球也有高級生物，這只不過是科學幻想小說中的角色罷了，你看到了沒有，有人從飛船中出來，他們的形態是和我們一樣的。」

「難道外星人不能和地球人一樣麼？」穆秀珍仍然不服氣。

「當然不一樣，地球上的人類進化到如今的模樣，是有幾千幾萬種因素所影響的結果，任何一種因素不同，所產生的高級生物，樣子也就不一樣，你想想，在太空之中，難道會有一個自然條件和地球完全一樣的星球麼？當然不會的，那麼，縱使別的星球上有『人』，也絕不會和地球人一樣。」

「那麼他們是什麼人？」

「我不知道。」木蘭花搖了搖頭：「我從來也未曾聽說過有這樣的一群人過。」

木蘭花一面目不轉睛地望著前面，一面沉思著。

從那飛船上，有幾個人走了出來，像是到了小艇之上，接著，飛船便又向上升去，上升的速度十分快，轉眼之間就看不見了，而兩艘快艇，則正在向她們浮著的海面疾駛過來。

「我從來也未曾聽說過有這樣的一群人過！」木蘭花重覆道：「他們似乎不屬於地球，他們的語言和所有地球人不同，他們所使用的武器，也是我從來未曾見過的，至於用電來發動這樣的飛船，那更是聞所未聞的事！」

「用電來發動？蘭花姐，你是怎樣知道的？」

「當然可以知道，飛船在上升下降之間，簡直一點聲音也沒有，只有用電來發動，才能夠有這種優越性——唉，他們是什麼人呢？」

「蘭花姐，你看，那兩艘快艇在向我們駛來了。」穆秀珍伸手向前指著，這時候，那兩艘快艇離她們只不過六七十碼了。

快艇是熄了燈行駛的，在黑夜之中，在海面上有兩個人浮著，快艇上自然是不會發現的。

木蘭花望著漸漸駛近的快艇，突然道：「秀珍，你一個人設法回去，最好不要住在家中，到市區去找一個酒店住下來，或是委託高翔替你找一個可靠的暫住之所。」

「蘭花姐，那麼你——」

穆秀珍慌張地問著，可是她得話還沒有講完，便沒有法子再講下去了，同時，她也不必發問，也知道木蘭花想做什麼了！

因為這時，恰好有一艘快艇在她們身邊三碼處掠過，木蘭花手臂一振間，「呼」地拋出了一股繩子，繫在繩子頂端的一個鉤子，發出了一下極其輕微的聲音，鉤住了快艇的舷，一陣水花過處，木蘭花人已不見了，穆秀珍想大聲呼叫，然而，另一艘快艇又跟著駛了過來。

穆秀珍和木蘭花都是一身夜行衣出來的，帶有鉤子的長繩，乃是夜行人不可或缺的工具，穆秀珍的身邊自然也有同樣的長繩。

這時候，她也連忙抖了起了長繩來，可是，她的動作卻沒有木蘭花快，當她抖起長繩之際，一個浪頭湧了過來，將她湧出了四五碼去，她雙手拉住了繩子，希望身子會被拖得向前駛去。

但是她的身子卻仍然浮在海面上，等她回過神來時，那兩艘快艇早已隱沒在漆黑的海面之中，而木蘭花也已不知去向了。

穆秀珍握著繩子，恨不得哭了出來，她怪聲叫了幾下，雖然她已張大了喉嚨，但是她的聲音在無邊無岸的海面上聽來，也是微弱得可憐。

一直到了天色將明時，穆秀珍才算遇到了一艘漁船，三小時後，她已在高翔的家裡，裹著一條厚厚的毛氈，在不斷地抹著鼻涕了。

「照你說來」，高翔在房中踱來踱去：「木蘭花被快艇帶走了？」

「是的，她叫我來找你，給我安排一個居住的地方，但是她到什麼地方去了呢？」

正在這時，電話鈴響了起來，高翔拿起了電話，聽了一會，才道：「噢，整個濱海新村都沒有人了？發現有地窖穿過岩石，通向海角中，地窖中什麼也沒有，不明白是什麼用處，好，好，繼續派人監視。」

他掛上了電話，轉過身來，向穆秀珍苦笑了一下，道：「人都走了，這些人究竟是什麼人呢？」

「我說他們是別的星球來的！」穆秀珍一本正經地說。

「那是不可能的！」

「哼，蘭花姐說不可能，你便說不可能！」穆秀珍仍在不服氣。

「秀珍，現在不是鬥氣的時候，我看你應該休息了，你就在我這裡睡好了，我到警局去上班。」高翔在穆秀珍的肩頭上拍了拍。

穆秀珍想講些什麼，然而她在海水中浸了那麼久，受了風寒，這時剛一開口，便「啊啾」一聲，打了一個大噴嚏，什麼話也講不出來了。

她等高翔走了之後，倒頭大睡，直到天色黑了下來，她才被高翔吵醒，只見高翔一聲不出就在床邊坐了下來。

穆秀珍尖叫了起來，道：「你走開些！」

高翔被穆秀珍的尖叫聲嚇了一大跳，連忙跳了起來，道：「對不起，我忘記你在這裡了。」

「哼，我那麼大的一個人，又不是老鼠，你怎會看不見我？」穆秀珍俏臉含怒：「蘭花姐呢，可曾有她的消息了麼？」

高翔面上憂慮的神色更甚了，他搖了搖頭，道：「今天我足足忙了一天，不但沒有蘭花的消息，連那群人究竟是什麼人，也查不出來！」

「哼，那是你不中用！」

「秀珍，」高翔紅著臉分辯：「他們辦事辦得太乾淨俐落了，我們的人幾乎將整個濱海新村的地都翻了過來，但是他們什麼線索都未曾留下，而我們查看有關法南度和森里美兩人的資料時，卻發現他們入境的證件全是假造的，我們又和情報本部聯絡過，希望得到一些資料，但是據情報本部的消息，最近並沒有國際間諜在本市進行活動，他們也不知道有這樣的一群人，並且他們還說，這群人一定是我們幻想出來的！」

穆秀珍的面色不禁變得蒼白起來，她失聲道：「難道他們真是從別的星球來的？」

她一躍而起，推開了窗子，天色已黑，天上的星星已現，穆秀珍望著鑲在深藍色蒼穹上的星星，哭喪著臉，道：「蘭花姐，你如今在哪一個星球上面呢？」

「秀珍，別傻了，這群人當然不是從別的星球來的，我的推斷是，他們是一群懷有不可告人目的的歹徒，他們存在必然已有許久了，但卻一直不為人知，直到這次，他們的一隻狗被汽車輾死，他們的存在，才開始被我們注意到！」

穆秀珍轉過身來，她的心中不禁感到了一股寒意，道：「這樣說來，我們的處境——啊——嚏——」

她講到這裡，突然又打了一個噴嚏。

她一打噴嚏，身子便自然而然地向下彎了一下，也就在她身子彎下，還沒有直起來之際，「乒乓」一聲，一塊玻璃碎片「嘿」地一聲響，一顆子彈從窗中穿進，嵌入了對面的牆中！

「快臥下！」高翔猛地一拉穆秀珍，兩人一起臥倒在地上。

窗外十分寂靜，幾乎一點聲音也沒有，也不見有第二顆子彈射來。

高翔在地上爬著，到了燈掣旁邊，猛地躍起，將燈熄去。穆秀珍一見熄了燈，連忙爬到了窗口，慢慢地探出頭去察看。

「秀珍，小心些！」高翔一面告誡著穆秀珍，一面也向窗口移來。

兩人一齊向外看去，他們的面上都出現了惶惑不解的神情來。

高翔的住所是一幢大樓，他住在十二樓，而這幢大樓，是正面對著公園的，那個公園是本市最大的一個，一直在公園的對面才另外有房子，距離是半哩左右。

半哩，對遠端射擊手來說，是算不了什麼的。

但是，高翔和穆秀珍兩人都是對射擊有相當研究的人，他們從剛才那一槍的子彈呼嘯聲中，便已聽出那絕不是遠端射擊的來福槍，而是普通的手槍。這樣問題就來了：普通的手槍，絕不能從隔著公園的對面的屋子中射到這裡，那麼，開槍射擊的人，是在什麼地方開槍的呢？

兩人互望了一眼，心中都存著相同的疑問。

他們仍然伏著不動，但是過了許久，仍是一點聲息也沒有，他們慢慢地退了出來，穆秀珍踢到了一樣東西，她拾起來一看，那是一粒子彈。

穆秀珍將那顆子彈交給了高翔，高翔仔細地看了一看，那的確是一粒手槍的子彈，也就是剛才險險射中了穆秀珍的那粒。

但是，這粒子彈是從什麼地方來的，他們卻難以理解！

高翔將這粒子彈放進了袋中，低聲道：「這裡也不安全了，我們快離開。」

穆秀珍尷尬地道：「可是，我還穿著你的睡衣哩！」

高翔搖搖頭，道：「那也沒有法子了，只好將就一些，反正我的車子就在下面車房中，我想沒有什麼關係的。」

他拉著穆秀珍，兩人一齊出了門，等了不到半分鐘，電梯的門打了開來，他們連忙跨了進去，電梯的門關上了，可是卻並不下降。

高翔用力地按著鈕掣，電梯仍然不動，而電梯的門卻反而打開來了，兩個黑衣漢子閃身而入。

高翔和穆秀珍兩人心知不妙，高翔立即取出了槍來，但是那兩個黑衣漢子的動作更快，其中一個，迅速抓住了穆秀珍的手臂，另一個則重重地在高翔的腹部擊了一擊，那一拳，擊得高翔的身子猛地向後，撞在電梯的壁上。

高翔呻吟了一聲，手中的槍向那大漢的後腦敲了下去，而穆秀珍在這時也一個轉身，足尖一鉤，手臂震動，將那個大漢直摔出了電梯去。

高翔的那一敲，並未曾得手，給那大漢一側頭避了開去，但是高翔的右膝也猛地抬了起來，重重地撞在那大漢的下頰之上。

那大漢的身子向後一仰，整個人向穆秀珍撞去，穆秀珍身子一側，那大漢跌出了電梯，壓到了另一個人的身上。

穆秀珍轉過身來，正欲一步跨出去時，電梯門突然又關上，而燈光也熄滅，電梯中一片漆黑，他們只覺得電梯在迅速地下降。

電梯下降的速度是如此之快，而且整個電梯都在不尋常地震盪，穆秀珍立即尖聲叫了起來：「我們在掉下去了！」

「不要緊，」高翔勉強說：「新的電梯都有安全彈簧的，鋼纜斷了也不要緊。」

「你……說不要……」

穆秀珍的話還未曾說完，便覺得電梯已以極大的力量，撞到了一件東西上。

那一撞，使得穆秀珍覺得剎那之間，全身的血液都集中到了頭部，幾乎要炸了開來一樣。

而緊接著，電梯又向上彈了起來，將穆秀珍人也帶得彈了起來，穆秀珍彈起來撞到了一個人，那當然是高翔，然後，他們又一起撞在電梯的頂上。

他們兩個人像是在失重狀態中的太空人一樣，隨著電梯的跳動，不斷地在電梯中翻滾，直到電梯完全停下來為止。

那時候，他們兩人一起倒在電梯中，像是整個世界都在不斷地跳動，翻滾，旋轉一樣，穆秀珍還覺得左足足踝一陣絞痛，她不由自主呻吟起來。

高翔最先開口，道：「秀珍，你受傷了麼？」

穆秀珍慢慢地伸手，摸到了自己的左足踝已經腫了起來，她苦笑了一下道：「恐怕骨頭斷了。」

「我倒還好，」高翔一面說，一面站了起來，用打火機照亮了電梯，他去按警鈴，但是一點聲音也沒有。

高翔心中不禁感到了一陣寒意，這是一幢新建成的大廈，住客極少，一架電梯壞了，可能根本不會引起人的注意！

他熄了打火機，扶著穆秀珍站了起來，道：「秀珍，我們必需爬出去，電梯的頂上應該有一個小門的，你爬得動麼？」

「爬得動！」穆秀珍咬緊了牙關。

高翔抬起手，用力地在電梯的頂部撞擊著，不幾下，便將電梯頂上的一個小門撞了開來，出乎他意料之外的，他一將小門撞開，便有一道強光向下直射了下來。

那道強光來得如此突兀，如此強烈，剎那之間，兩人連眼都睜不開。

隨著那道強光一起的，便是一個冷冷的聲音，道：「你們兩人居然還沒有死麼？」

「什麼人？」高翔厲聲叱喝道：「你們是什麼人？」

他一面說，一面用手遮住了額角，想向上看去，可是那種光線實在太強烈，就像你對住了太陽，絕不能看出什麼來一樣，他仍是什麼也看不到。

那冷冷的聲音又傳了過來，道：「我們就是你想知道底細的人，但是你們永遠也不能知道了！」

穆秀珍幾乎是和那人同時開口，她叫道：「我蘭花姐呢？」

那人話一講完後，已聽到了「卡」地一聲，手槍的保險掣被扳開的聲音。

但是，當穆秀珍那一句話問出口時，卻不聽得有別的聲音傳來。

過了幾秒鐘——那幾秒鐘實猶如幾年那麼長，才聽得那聲音問道：「誰是蘭花姐？」

「哼，我蘭花姐就是大名鼎鼎的木蘭花，一切妖魔鬼怪的剋星，她如今已經——」穆秀珍講到這裡，才覺得自己失言了，自己不應該將木蘭花的行蹤透露給他們知道的。

她立時住了口，不再向下講去。

那聲音卻逼問道：「她如今怎麼樣？」

穆秀珍冷笑了一聲，道：「當然有事情在做，而且是足令你們垮臺的！」

她聽到上面有兩個人用一種奇異的語言在交談著，那種語言，她根本一點也聽不懂！

穆秀珍大聲道：「喂，你們在說些什麼？你們是從什麼地方來的？」

她才叫了兩聲，眼前突然一黑，那股強光已然隱去，而同時，只聽得「啪」地一聲，似乎有什麼東西從電梯頂上的那個小門中拋了下來。

高翔和穆秀珍兩人都呆住了，從那東西落下的聲音聽來，那像是一枚手榴彈，而如果這是枚手榴彈的話……

他們簡直不敢向下想去，穆秀珍在剎那間，緊緊地握著高翔的手。

然後，便是「啪」地一聲響，他們兩人看到了光亮閃了一閃，接著，一蓬濃煙冒了出來，充滿了整個電梯之內。

而他們卻不覺得那蓬濃煙給他們帶來了什麼嗆咳，只覺得突然之間，懨懨欲睡起來。

穆秀珍忙道：「是迷藥，是迷……」

她只講了兩句話，身子便慢慢地軟了下來，高翔猛地一挺身子，想要站直，卻也在所不能了，他們兩人一前一後，幾乎同時失去了知覺……

4 超人集團

在海面上，木蘭花在拋出了那股繩索，以鉤子鉤住了艇舷之後的幾分鐘內，她被快艇以高速在海中拖著，剛開始的幾秒鐘，海水以驚人的速度倒灌進她的口中，使得她難過得如在受刑一樣。

她立即閉上了口，屏住了氣，竭力使自己的頭部潛在水中。然後，雙手慢慢地向前移動著，使自己的身子一步一步地接進快艇。

她用了十分鐘的時間，當她從海面上冒出來的時候，手已經穩穩抓住快艇的舷了。

她抬頭向前看去，只見艇艙中全都掛著厚厚的布簾，在布簾的縫中，略有燈光透出，可見艙中是燈火通明，正有著人的。

她收起了那股繩子，將身子掛在舷上片刻，然後才慢慢地向上攀去，橫著身子，上了快艇，在甲板上滾了一滾，滾到了艙旁邊，才站了起來。

她緩慢地吁了一口氣，緊貼著艙壁站著。她隱約可以聽到艙中有人在交談，而且她可以聽出，在交談著的人，正是用那種她完全聽不懂的語言。

木蘭花慢慢地走著，到了艙門旁。

正好在這時，只聽得一個人大聲地講著話，向旁門走來，同時聽到了門球的扭動聲，門被打開，一個人走了出來。

那是一個中年人，貌相十分威武，他出來之後，在門口站了一站，又轉頭講了一句話，才一摔手，將門「碰」地一聲關上。

這時候，木蘭花距離他只不過兩三呎遠近，她伸手可以輕易地碰到那人！

木蘭花陡地向前跨出了半步，右臂一伸，緊緊地勾住了那人的頭頸，那人只發出了半下悶哼，便因為頸部被勒，而講不出話來了。

那人雙眼怒視著木蘭花，木蘭花立即又伸出手，在那人的頭頂上重重地擊了一掌。

那人雙眼翻白，面上出現了一個奇異的神情來，已經昏了過去。木蘭花肯定他已昏了過去之後，便將之拖開了幾步。

她冒險登上這艘快艇，最大的希望便是能俘虜一個人，而從這個人的口中，得知他們這些人的來歷，她想不到自己的目的竟如此容易便達到了！

她將那人放在不容易被發覺的地方，又來到了掛在舷旁的一艘小艇旁邊，將繩子拉鬆，然後解下小艇，負著那人，和小艇一起落到了海中！

快艇上的人顯然不知道發生了什麼事，依然破浪而去。小艇則在海面上載沉載浮，過了好一會才穩定下來。

而在那一段時間中，木蘭花已將那人身上的一切都搜了出來，包括：一柄手槍——槍管是軟的，可以隨意伸縮，好像製圖用的「蛇尺」一樣；許多紙幣，和一份護照——木蘭花一看，便看出那是假護照。

木蘭花將一切都拋到了海中，包括那柄武器，因為那武器她並不熟悉，而在兩個人全沒有武器的情形下，木蘭花占著上風，這是十分明顯的事。

然後，木蘭花用手掏起了海水，淋在那人的面上，不多久，那人便已醒了過來，那人一醒了過來，立時坐起了身子。

那是只可容納兩個人的救生艇，那人的動作太急驟了些，小艇幾乎傾翻，木蘭花忙道：「鎮定些，我看你的泳術並不十分好，將救生艇弄翻了，只怕對你沒有好處。」

那人面上的神情極其憤怒，但是隨即恢復了冷靜，他以純正的英語道：「我已經是給俘虜了麼？」

木蘭花點了點頭，道：「不幸得很，你的確已經是俘虜了。」

那人笑了起來，道：「小姐，在如今這樣的情形之下，誰是誰的俘虜是很難確定的事，是不是？」

「的確是，但是你不妨以行動將我的話推翻。」木蘭花笑著說。

那人以手加額，忽然失笑，道：「我明白了，你一定就是木蘭花小姐了，是不是？」

「想不到閣下竟知道我的名字，那麼閣下是——」木蘭花十分有禮地回答，像是正在一個大廳之中開著酒會一樣。

「阿爾法博士。」那人欠了欠身子。

「博士？」

「對的，柏林大學光學、電學博士，紐倫堡醫學院醫學博士，佛蘭克福大學物理學博士。」

「原來博士是德國人？」

「對的。」阿爾法博士的態度十分倨傲。

木蘭花道：「剛才在快艇上，你講的似乎並不是德國任何地方的話？」

「當然，那是世界上還沒有人會使用的一種語言，也是最先進的語言。」

「你可以告訴我，使用那些語言的人，在世上共有多少麼？」

「不能，小姐，從現在起，我將不回答你所提的任何問題。」

「希望你能堅持到底！」木蘭花冷冷地說。

救生艇在海上漂流著，直到天明，才發現遠遠地有一個孤島。

木蘭花向那個小島一指，道：「博士，你可曾聽過一個笑話麼？」

「什麼笑話？」

「預言家、音樂家和漁夫的故事？」

阿爾法博士瞪著眼，冷笑著，轉過了頭去。

「有一個哲學家又是音樂家的人，和一個漁夫一齊在垂釣——」木蘭花自顧自地說著：「那個有學問的人向漁夫道：『你懂哲學麼？』漁夫回答說：『不懂。』哲學家道：『那你生命的三分之一沒有了，你懂音樂麼？』漁夫又回答道：『不懂。』有學問的人深嘆：『那你另三分之一的生命也等於沒有了。』就在這時，船漏水要沉下去了，漁夫問道：『你會游水麼？』哲學家搖頭。漁夫道：『那麼你的生命整個完了。』這就是我的故事。」

阿爾法博士的臉色十分難看，道：「那一點也不好笑。」

「當然在你的環境來說，它自然不好笑，你有這麼多博士的頭銜，但如果你不會游水的話，那就到不了這個小島，只好繼續在海面上漂流下去了。」

「哼，我利用我的科學知識，可以使海水變成平地，可以改造整個世界！」

「允許我再講一個故事麼，那是中國的民間故事。」

「哼！」博士憤然回答。

「從前有一個富豪，他出門從來也不帶錢，只是帶著一支小鏟子，他那支小鏟子是寶貝，左掘金、右掘銀，他有了這件寶貝，便等於遍地金銀一樣，身邊當然用不著帶錢了。可是有一天他去擺渡，船到中流，船家向他要一文擺渡錢，這是收擺渡錢的規矩，他拿不出來，而他那支可以掘土變金銀的小鏟子也沒有用處，因為船在河中央，他被逼得沒有法子，只好跳下河中去了。博士，你聽明白了麼？」

「你無非是說，我的一切知識在如今都是沒有用的，我該聽你的指揮，乖乖地做你的俘虜，是不是？」博士憤然反問。

「對的。」木蘭花站了起來：「我準備泅水下去，你是願意我將你擊昏了之後帶過去呢？還是就這樣拉住我的身子過去？」

阿爾法博士望著木蘭花，好半晌才道：「好，我拉著你的身子，等你帶我過去。」

木蘭花笑了笑，她知道這個有著許多驚人頭銜的博士已經屈服了。

這對木蘭花來說，是一件十分重要的事情。

木蘭花不知道那一群人的來歷，她也不像穆秀珍那樣，以為這些人是從別的星球來的，她只是假定，這一群人是一個十分特殊的組織，而這個組織，一定擁有許多極其高明的科學家，所以這個組織才能使用許多超乎世界水準的東西。

而阿爾法博士，可能就是這個組織中的優秀科學家之一，如果能得到他的合作，那麼博士的價值，便遠在一個普通俘虜之上了。

木蘭花躍下了水中，向前游去，她游得十分快，十分穩，而且是用一條手臂，她的另一條手臂，帶著阿爾法博士前進。

經過了半個小時，他們兩人便已站在那個小島細軟的沙灘上了。

阿爾法博士站在沙灘上，呆了半晌，才道：「我一直以為東方的女性，是纖弱、無能的代表，如今才知道……我以前誤解了。」

他分明是一個十分驕傲的人，因為明明是他完全弄錯了，但是他卻只是說「誤解」了！

「如果你只是指泅水而言，」木蘭花笑了笑：「那我的一個堂妹，她的泳術要比我精十倍。來，我們到島上看看，是不是有人。」

木蘭花一面說，一面向前走去，阿爾法博士跟在後面，那島的面積十分小，因之不用多久，他們便發現這是一個全然無人的荒島。

「看來我們必需生起一堆火來引人注意了。」木蘭花提議說。

「想不到擁有世上最新科學知識的人，竟成了原始人！」博士憤然踢出了一顆石頭。

「博士，只怕我們除了鑽木取火的辦法之外，還沒有第二個辦法來生著我們的火堆哩，人生有時後就是這樣有趣的。」

阿爾法博士顯然一點也不覺得有趣，他只是依著木蘭花的吩咐去拾樹枝，一言不發。而木蘭花則將一種木質十分鬆的樹枝，先搓成了木絨，又用兩塊木質堅硬的樹幹用力地擦動著，足足過了十多分鐘，才看到有煙冒了出來，木蘭花小心地吹著那團木絨，終於，紅色的火苗冒了出來。

木蘭花將木絨投入柴枝堆中，不多久，柴堆便熊熊燃燒起來了。

而阿爾法博士在堆成了柴堆之後，便一言不發地坐在大石之上，直到火苗越來越旺時，他才突然「哈哈」一聲大笑。

「你不再憤怒了，這使我高興。」木蘭花望著他：「我們可以開始討論些正經問題了麼？」

「恐怕不能。」

「你拒絕得如此堅決，我想你是忘記了如今的身分了！」木蘭花的語氣已相當不客氣了。

「一點也不！」阿爾法卻只是輕鬆地聳了聳肩：「相反地，小姐，你必需要作準備，來迎接你的新身分了。」

「我的新身分？」

「對了，你將是我的俘虜。」

「哈，」木蘭花笑了起來：「你還想再嘗試一下和我相鬥麼？」

「當然是，但卻不是我和你兩個人，而是我的大批同伴和你作鬥爭。」

「大批同伴，他們在什麼地方？」

「哈哈哈！」博士又仰天大笑了起來：「在你劫走我之前，我正為那艘遊艇的超短波探測儀作了一項修改，這使得這具探測儀對極其輕微的熱力，也會有反應記錄。你知道，目前幾個強國的空對空，地對地火箭能夠準確無誤地擊中目標，便是因為目標在飛行中有熱力發出，使得火箭可以進行的原故，當然，他們跟蹤的目標，必然是發出大量熱力的物事，不像我所改進的這點探測儀，對於極微的熱力便能探測得到——」

他講到這裡，又得意地笑了起來，向那堆火指了一指，道：「譬如說這一堆火所發出的熱力，在五哩之內，那具探測儀便可以測到，並且認出準確無誤的方向來。」

木蘭花陡地站起。

「遲了，小姐！如今將火弄熄已經太遲了，多謝你鑽木取火的方法。最原始的方法，使得最科學的設備起了作用！」博士縱聲大笑了起來。

木蘭花雖然不完全相信博士的話，但是她卻是信多過不信。因為她到如今為止，固然還在一片濃霧之中摸索，但是有一點是她可以肯定的，那便是這一些人掌握著極其高深的科學知識，這些人的科學知識，遠在世界科學的尖端。所以，她對於博士所說的有關那具探測儀的事，是信多疑少的。

她開始感到自己的處境不妙，她冷笑道：「就算你所說的一切是事實，你又怎能肯定他們會尋到這裡來呢？」

「小姐，」博士得意洋洋地道：「他們的最高領——」他講到這裡，像是忽然知道自己失言一樣，陡地停住，不再向下講去。

木蘭花乃是何等機靈的人，她的心中陡地為之一動，心念直轉，已經接了上去道：「你不必掩飾了，你是你們這一群人的最高領袖，是不是？」

木蘭花在講那句話的時候，當真可以稱得上聲色俱厲！同時，她也慶欣於自己的幸運！

因為她當時冒險上那艘快艇，原是為了隨便俘虜一個人的，若是竟俘虜了這群人的最高領袖的話，那當真是太好運了。

木蘭花的話才一出口，博士的面色便自一變，笑容也收斂了起來。

從博士面上的神情看來，木蘭花知道自己料中了，她向前跨出了一步，也就在這時，她看到在海面上，有一艘快艇正向著這個小島疾駛了過來，快艇的速度是如此之高，以致它的船身竟完全離開了水面，而在船身的兩側，卻又見不到「水翼」。木蘭花知道，那是一種能將磨擦力減至最低程度的「氣墊船」。

這種船，在船底的排氣管中噴出氣體來，使得和水面之間形成一個「氣墊」，不但可以開創海面行駛速度的新紀錄，而且可以使得船身在風浪之中也保持最大限度的平穩。

這時，不但木蘭花看到了那艘高速駛來的快艇，連博士也看到了。

博士也陡地站了起來，昂然道：「不錯，我是『超人集團』的最高領袖，如今你知道也不要緊了，這艘快艇兩分鐘內便可到達，那時你已是我的俘虜了。」

「是麼？」木蘭花的聲音十分冷峻：「但是到如今為止，你還是我的俘虜！」

她話才一講完，手便突然伸了出去，抓住博士的手腕，立即猛地一扭，將博士的手臂扭到了背後，她扭得如此地緊，以致博士的身子微微向後仰著，一點掙扎的餘地也沒有。

而木蘭花的身子，則向後連退出了七八步，使她的背部緊靠著石壁。

就在這時，快艇離小島已經極近了，快艇的速度並不降低，就在木蘭花以為快艇要撞向小島的時候，艇手一側，已向小島旁邊掠去。

此際，只見自快艇之上飛起了七八個人來，這些人的背後，都負著「個人飛行器」。

他們所用的這種「個人飛行器」，顯然比美國陸軍如今在使用的高級，因為體積十分小，而且來勢十分快，轉眼之間，那八個人便已落在小島上，提起了他們手中的槍，槍管是軟而彎曲的，指向著木蘭花。

「你們別動，你們的首領在我手中！」木蘭花揚起左手，對準了博士的後頸：「我的一劈，可以使他頸骨斷裂，在半分鐘內死亡！」

「博士，我們如何處置她？」八個人中的一個，踏前一步，大聲問。

「不必取她的性命，」阿爾法博士回答：「先將她帶回去再說。」

「是！」那人答應著。

在那片刻之間，木蘭花的心中仍無所懼，她的前面有比她肥大許多的阿爾法博士遮著，她的身後是山壁，那八個人全在她的身前，除非他們的子彈能成弧形前進，要不然是不能射中她的。

木蘭花看到那個人舉起了槍，她這時才發現，那種槍，不但槍管是軟的，而且槍身上有著許多小零件。木蘭花是對槍械研究有素的人，她卻也不明白那些小零件有什麼用處。

只見那人按下了一個按扭，槍管突然向旁一彎，成了半圓形，接著，那人扳動了槍機，子彈無聲地射出，而那枚子彈，正是成弧形向前飛來！

木蘭花想要躲避，想要拉阿爾法博士擋在自己的身側，已經來不及了，子彈只費了百分之一秒的時間繞過博士，射中了木蘭花的手臂。

子彈射中了木蘭花的手臂，但是卻沒有溜進皮肉，木蘭花只覺出在被子彈射中的一剎那，像是接受了一針注射一樣，皮膚上有一下子尖銳的疼痛。

接著，木蘭花的右臂立時喪失了知覺，博士猛地一掙，已經掙脫了她的掌握。而當木蘭花的左掌用力劈下來時，才劈到一半，左臂也麻木了，那種麻木之感，在不到半分鐘內延及她的全身，使她只能靠在石壁上，連挪動一步身子的力道都沒有了。

博士揮動著被木蘭花扭痛的手臂，向木蘭花冷笑了一下，兩個人走過來，將木蘭花一個搬頭一個搬腳地搬了起來。

木蘭花連說話的力氣也沒有，她只覺得全身麻木，似乎整個身子都已經不存在了，但是她的神智卻十分清醒，視覺和聽覺也極其良好。

她看到那兩個人開動了「飛行器」，她便和那兩個人一齊騰空而起，向已經停在海面上的快艇飛去，不到一分鐘，便已落在快艇上，她聽得阿爾法博士大聲地叫嚷著，但是所講的話，她卻一個字也聽不懂。

她被抬著，進了一間陳設得十分簡單，但卻十分舒服的艙房中，被安置在一張安樂椅上，那兩個人便退了出去，不一會，博士便走了進來，在她的對面坐下。

博士一坐下，便道：「好，如今你是已經知道有超人集團存在的一個人了。我得先向你解釋，超人集團的人並不多，大約是五千多人，但是這五千多人，都有著過人的智慧，是地球上的超人，其餘三十億平庸的人，理應由這五千多超人統治，你說對不對？」

木蘭花心中，亂成了一片！

她心思紊亂，並不是因為她此際處境不妙，在最困厄的處境中，木蘭花也能鎮定如常，絕不慌亂，但這時候，她卻心亂之極。

那是她感到這個「超人集團」的存在，和這個「超人集團」的野心，將使整個世界遭受到極大的禍害，聽聽阿爾法博士的理論，便已足以使人驚駭了，少數人想統治多數人，少數人自認為高人一等，這可以說是一切禍害的根源！

木蘭花忽然感到身子漸漸恢復知覺了，她知道那是那特種麻醉劑的藥性已經過去的原故。

她等到可以掀動口唇時，立即發出一下冷笑聲來，道：「這有什麼新奇，希特勒便曾做過這樣的夢，你已經遲了！」

「哈哈！」博士道：「一點也不，因為我們是超人，我們甚至連使用的語言，也是我們自己創造的，我們還創造了一種火箭，只消我們在向各國政府提出最後通牒得不到答覆之後，我們便可以一按按扭，摧毀世界上所有國家的首都！而這種火箭的體積，卻小得你意想不到，它只有六呎高！」

木蘭花冷冷地道：「那你為什麼還不向各國政府發出你要統治世界的最後通牒？」

「我們還在研究燃料，這種小型火箭，將使用一種最新的固體燃料，而這種燃料一旦出現，人類的新紀元也就開始了！」博士的面上，充滿了狂妄的色彩。

木蘭花和各式各樣的人接觸過，鬥爭過，但就是未曾和阿爾法博士這樣的人打過交道，她的身子顯然已能自由活動了，但是她仍然僵坐在沙發上，一動也不動，那是她心中太亂了的原故。

「木蘭花小姐！」博士叫著，這使得木蘭花十分奇怪，因為她並未曾向對方作過自我介紹，而對方居然能叫出她的名字來，可見得博士已經獲得有關她的資料了。

木蘭花並不出聲，這時候，她簡直是沒有說話的餘地，博士笑了笑，道：「我早知道你不是一個普通人了，小姐，你可明白我這句話所包含的意義麼？」

木蘭花當然明白，但是她卻冷冷地道：「你錯了，我是一個普通的人，一個平凡之極的普通人！」

博士不懷好意地笑了起來，道：「那你未免太謙虛了，我認為你是超人，那怎會認錯？木蘭花小姐，你是無可選擇的，因為你是超人，所以你將留在我們的集團之中——」

他講到這裡，站了起來：「你第一步工作，便是去學習我們的語言，到我們接受訓練的學校去。」

「如果我不答應呢？」木蘭花試探著問。

「你有什麼辦法不答應？」博士反問。

木蘭花在沙發的扶手之上按了一按，站了起來。

她才一站起，博士便向後退出兩步，木蘭花本來是想一舉將博士制住的，但如今顯然不能了。她笑了一下，道：「好，我不妨去參觀一下你們的學校。」

博士微笑著，道：「你還要參觀許多東西，這些東西，全是你見所未見，聞所未聞的，等你參觀了那些東西之後，你就可以知道我們絕不是在做美夢，而是腳踏實地地在做——譬如說，我們已經利用海水中的能量來發電，而通過無線傳電的方法，使得我們大部分的基地都滯留在高空之中，你能想像得到麼？你能想得到在空中，我們的飛行火箭基地有數十座麼？有的飛行基地離發電場所遠達千里，但是無線傳電的辦法卻使它們得到充足的電源。」

木蘭花記起了她在海面上看到的情形，一艘飛船自天而降，無聲地降落在海面，她當時就想到那飛船是用電的，但卻未曾想到這個「超人集團」，竟已發明了無線傳電的方法。

木蘭花是對一切科學上的新事物都有著濃厚興趣的人，這時她的處境固然大為不妙，但是她仍然問道：「沒有電線，怎能傳電呢？」

「十分簡單，」博士揚著手：「在海中的發電機產生的微波熱，由碟形天線向上發射，飛行基地的下部，有面積極大的方天線，形狀和串珠的線差不多，那些珠狀物全是超小型的導電的兩極管，當微波能射到兩極管上時便產生了電流，千千萬萬兩極管所產生的電流足夠我們在空中做任何事情！」

木蘭花聽了，一句話也講不出來。

博士向門外走去，到了門口，才轉過頭來，道：「你已經同意自己是超人了，是不？」

木蘭花仍不出聲，這是她第一次面對著敵人，但卻感到無話可說。

博士走了出去之後，木蘭花立即在沙發上坐了下來，可是她一坐下，便又一躍而起，她當然不想到那學校去學那種語言，而如今如果不能脫身，只怕以後更加沒有機會了！

她到門前去拉門，門拉不開，她退到窗前，將窗簾拉了開來，準備擊破窗子，穿窗向外跳去，即使跌入海中，也比在這群人的手中好些。

可是，當她一拉開窗簾的時候，她不禁呆住了！

窗外是一片極深的藍色，世界上只有海水會有那樣的藍色。

而那正是海水，不但是海水，而且是深海的海水，因為來往的游魚，全是平時見不到的怪形狀，而一條深海吃人虎鯊正向窗子游來，在窗上撞了幾下才退了開去！

快艇已在海底下了！

快艇是什麼時候變為潛水艇而潛下海中去的，木蘭花一無所知，她想到自己還準備穿窗逃走時，只有望著海水苦笑起來。

在那片刻間，木蘭花的腦中只是一片空白，什麼都沒有法子想。

而博士的聲音突然響起道：「小姐，我們是在八百呎深的海底下行駛，是專送你到學校去的，我們的學校也在海底，這怕是你意想不到的吧！」

木蘭花陡地轉過身來，艙房之中並沒有人，博士的聲音，自然是通過傳音設備傳過來的。

木蘭花竭力使自己鎮定下來，她從來也未曾有過如今這般的遭遇，她的心中著實亂得可以，但是她卻知道有一件事是十分緊要的，那便是鎮定！鎮定！唯有鎮定下來，才能慢慢設法！而且，她如今暫時是沒有生命危險的，只不過是被困而已，那又何必著急呢？

她坐了下來，過了片刻，心緒已不像剛才那樣亂了，她靜靜地等著事態的變化，甚至於在沙發上打了一個瞌睡。

等到有人敲打艙門將她敲醒時，木蘭花站了起來，道：「進來！」

推門而進的是一個十分瘦削的東方人，木蘭花認識他，那正是那天在離她家不遠處，因為輾斃了一頭狗，而對著那個老婦人大發雷霆的兩個人中的一個！

那男子對木蘭花十分有禮，一進門就站定，彎了彎腰，道：「我叫森里美，木蘭花小姐，請你跟我來。」

木蘭花並不說話，跟在那人的背後走了出去，到了一具升降機的面前，升降機的門自動打開，兩人走了進去。

升降機向上升著，速度十分快，但是卻十分平穩，從升降機上升的時間算來，他們是早已應該離開那艘潛艇的了，木蘭花知道，這具升降機可是直通到那個海底的學校的。

她想在森里美面上的神情變化上看出些自己即將面臨的處境來，但森里美卻板著臉，一點表情也沒有。

5 訓練學校

升降機終於停了，門打開，木蘭花看到外面是一個十分廣闊的大廳。在大廳上，列隊排列著四五十人，一當木蘭花跨出了升降機，那四五十人便齊聲高呼。

那四五十人高聲呼叫的，像是一句口號，可是木蘭花卻聽不懂。

木蘭花正在愕然間，一個頭髮斑白的老年人已經向前走來，伸出手，和木蘭花握了一下，自我介紹道：「哲道爾博士，我想你也許知道我。」

木蘭花呆了半刻，她的確是知道的，眼前這個老年人，是「世界語」的締造者之一，是世界上數一數二的語言專家！

木蘭花難以出聲的原因，是因為她知道哲道爾博士因飛機失事逝世的消息，早在多年前便已經發佈了，卻想不到他在這裡。

不用說，這個「超人集團」所用的語言，也是他所創造的了！

「剛才我們高叫的是：『歡迎你來』，小姐。」哲道爾博士道：「我是這裡的校長，這些是你的同學，我們用最新的方法教授我們的新語言，你可以在一個月之內便完全掌握它！」

木蘭花仍是不說話，在那樣的情形下，她實在是不知該說什麼才好。

哲道爾博士又道：「你或許要休息一下，我們已為你準備好了房間，雖然在海底，但是你絕不會覺得有絲毫不習慣的，在巨大的鋼殼之內，氣壓、空氣的成分，完全是根據法國里維拉海灘的標準來調節的。」

哲道爾揮了揮手，一個中年婦人走了過來，彬彬有禮地道：「請跟我來。」

木蘭花跟著她，到了另一座升降機旁走了進去，升降機向上升了片刻，便停了下來，木蘭花又機械地走了出去。

在走廊中走了幾碼，便到了一扇門面前，在門上，竟已鑲有木蘭花的名字！那個中年婦人打開了門，讓木蘭花走了進去，便關上門。

門裡面的一間套房，使得最華貴的高等酒店套房也為之失色。

木蘭花四面走了一遍，她明白自己是絕無逃走的可能的，看來除了在這裡接受訓練之外，是沒有別的辦法可想的了。

但是木蘭花卻不甘屈服，她仍然不斷地在房中走來走去，尋找逃走的可能。

她去拉空氣調節喉，因為有一次，在黑龍黨的總部，她便是被關在密室中，從空氣調節喉逃走的。

但如今卻不行，空氣調節喉幾乎是密封的，房間沒有窗，只有門。

木蘭花拆下了一支鐵枝，伸進門鎖之中，想將門鎖弄開，但是她花了一個多小時，仍是沒有用處。

正當她在滿頭大汗之際，突然聽得走廊中有腳步聲傳了過來，她連忙停止了行動。

腳步聲在她門前停止，接著，便有人推開了門，仍是那個中年婦人，只不過這一次，她推著餐車，餐車上的食物發出誘人的香味。

那中年婦人微笑著，道：「請用些食物！」

木蘭花肚子也餓了，她據案大嚼，一面看著那中年婦人，只是那中年婦人侍立在側，並不戒備。

木蘭花考慮了好一會，都覺得要擊倒她，是輕而易舉的一件事情。擊倒了那中年婦人之後，又怎麼樣呢？自己有什麼機會可以逃出海底呢？

木蘭花不往下想去，這和她平時行事作風不合，但在如今的情形下，卻又只能如此。

她吃了個飽，拿起餐巾在抹嘴，順口道：「拿牙籤給我。」

那中年婦人轉過身去，也就在那一剎問，木蘭花的肘部已重重地撞中了那中年婦人的後頸，那婦人一聲也沒有出，身子便軟倒了下去。

第一步進行得很順利，和木蘭花預料中一樣容易。木蘭花仍抹了抹嘴，才拋下餐巾，將中年婦人提了起來，那中年婦人的身形和她相仿，木蘭花立即想到：她可以穿上對方的衣服，推了餐車出去。

這只是第二步，推了餐車出去之後，該怎麼樣，木蘭花也沒有法子想，也不能想！

她以極快的手法，將那中年婦人身上的衣服穿在自己身上，推著餐車，到了門前。

木蘭花到了門口，吸了一口氣，將門打開。

她先向走廊中看了一眼，走廊中並沒有人，她推著餐車，向外走去。

這是一個完全陌生的地方，她完全無法知道應該向那一個方向走，對她才是安全的。她記得來的時候是由左面來的，而那裡有著一個升降機。

木蘭花知道自己是在海底，要找尋一個出口，是十分不容易的事，就算找到了出口，想要離開海底，她並沒有帶著潛水設備，這也是幾乎不可能的事。

任何人在這樣困難的情形之下，都會放棄逃走的念頭，然而木蘭花卻不！

木蘭花的性格堅韌不拔，她明知成功的希望是接近「零」，但只要不是「零」，她總向著這個希望一步步地走去。

這時，她推著餐車，向走廊中走去，來到了那座升降機的前面，那座升降機突然無聲地打了開來，木蘭花連忙推著餐車走了進去。

她的心中十分緊張，她伸手按了最高的一個掣，升降機的門闔攏，開始向上升去。

在升降機中，還有許多紅綠閃耀不定的燈，木蘭花也不知那是什麼用意，她只是屏氣靜息地等候升降機停止，再開始她第二步的行動。

突然之間，升降機停了下來，那比她想像的時間要早一些。

升降機門一打開，她剛想出去時，卻有兩個人走了進來，那兩個人，全副潛水衣設備，手上提著銅面具。

他們跨進了升降機，木蘭花連忙轉過頭去，心頭怦怦亂跳，幸而那兩個人進來之後，背對著她站著，升降機繼續上升，那兩人並沒有回過頭來看她。

木蘭花戰戰兢兢地站著，那兩人進來之後，靜默了極短的時間，左邊的一個便道：「今天去參觀什麼？」

右邊的那個道：「是海底發電廠，我們的一切，全是依賴這個大發電廠供應的。」

出乎木蘭花的意料之外，這兩個人所說的，並不是這個集團所特有的「超人語言」，而是日語！從身段看來，這兩個人也正像日本人。

木蘭花也只是奇怪了一下，便明白其中的原因了。

這裡乃是一所訓練學校，凡是被「超人集團」看中，加入這個團體的人，首先要在這裡接受超人語言的訓練，這兩個人自然是剛到這裡不久，還未曾學會超人語言的人，所以才用本國的語言來交談了。

在那一瞬間，木蘭花忽然想到阿爾法博士所說的一些話來，阿爾法博士曾告訴她，這個集團的科學家，已經發明並且成功地利用了「無線傳電」的辦法，而他們想用來威脅各國政府的火箭場，奇妙的飛行平臺，全是靠海底的一個大發電站所發的電力來維持的，而今這兩個人要去參觀的，便是這個發電站，如果破壞了這個發電站的話，那麼……

木蘭花想到了這裡，有短短一秒鐘時間的興奮，她隨即苦笑了起來，因為這時，她正合著一句俗話：泥菩薩過江，自身難保啦！

升降機又向上升了片刻，門打了開來，那兩個人匆匆向外走去。

木蘭花定睛向外看去，只見走廊的一端，並排站著七八個人，人人都穿著潛水衣，有的已將銅帽戴上，除了能在帽上的玻璃中看到他們的眼睛之外，是看不清他們的臉面的。

木蘭花一看到這種情形，心中又是一動。

這是她離開這裡的一個機會，只要她能夠有這麼一套潛水衣的話，那麼別人是認不出她的真面目來的。

可是也不行，他們不會點人數麼？

啊，如果她擊倒了其中的一人，而奪了那人的潛水衣……

木蘭花一想到這裡，心頭更是亂跳，可惜她剛剛錯過了機會——剛才有兩個人，其實她也是難以下手的，她如今該怎麼把握機會呢？

她沒有法子把握時機了，因為她在升降機內停得太久，升降機的門又關了起來，她又隨著下降了。

木蘭花心中嘆了一口氣，但是她也安慰著自己，因為她知道那些人一定是在列隊等候出發的，當然，最高的一層，是離開這所「學校」的出口所在處了。

她正在想著，升降機又停住，門打開，一個人匆匆地走了進來，又按了最上面的一個掣。

那是一個人，而且穿著潛水衣，手上提著銅帽，看來他是一個遲到者，所以動作十分匆忙，這比木蘭花正在可惜的機會更好！

木蘭花幾乎沒有考慮，門一闔攏，她便將餐車用力一推，向前撞去，撞在那人的背部，撞得那人悶哼一聲，憤怒地轉過頭來。

當他轉過頭來，木蘭花老已準備好對付他的招式了！木蘭花的手肘一横，肘部「碰」地一聲，撞在那人的太陽穴上。

那人眼睛翻白，身子軟了下來，木蘭花也不及脫去身上的衣服，只是將那人的潛水衣迅速地剝了下來套上，並且戴上了銅帽。

她剛戴上帽子，電梯的門已打了開來，木蘭花已沒有機會掩藏那人了！

電梯門一開，木蘭花便向外跨出一步，走廊中排列著的人一齊轉頭向她望來，在那片刻之間，她幾乎連心臟的跳動都停止了！

她不敢向前再跨一步，因為只要她再向前跨出一步的話，電梯內的情形便會一覽無遺，那個被她擊昏過去的人，自然會被眾人發現，後果如何，不問可知。

而如果她站在電梯門口不動的話，她便可以掩去眾人的視線，使眾人不易看到電梯內的情形，她並不需要站立太久，至多是半分鐘的時間就夠了，升降機的門會自己關攏的。

可是那半分鐘卻像半個世紀那樣久！

木蘭花聽到一個人指著她叫道：「賽特！」接著便是幾句她聽不懂的話，那顯然是催她快些去列隊，木蘭花知道了被自己擊倒的人叫賽特，人們顯然都在等她，可是她不能向前去，要命的升降機門還不關攏。

那叫她的人開始向她走來，木蘭花身子呆立站著，幾乎緊張得想動也不能動了！

那人越走越近，木蘭花的手心在冒汗，謝天謝地，她終於聽到了升降機門闔攏的聲音！

她大大地鬆了一口氣，向前走去，那人又大聲對她講了幾句話，木蘭花雖然聽不懂，但想也可以想到那是申斥她的話，她低著頭，一聲不出。

那人向眾人一指，又大聲講了兩句，木蘭花連忙快步向前走去，到了那列人的旁邊，她看到有兩個人動了一動，各自站開了半步。

若是換了旁人，可能不知道那兩人動上半步是什麼意思，但是她卻立即知道，那是她應該站在這兩個人的當中，她連忙站定了不動。

那兩人在她站定了之後，都輕輕地碰了她一下，像是在問她為什麼遲到。

這時候，剛才那個人也已回來，只聽得他站在眾人面前大聲講了幾句話，一個轉身，按動了前面牆上的一個按鈕。

他才按了下去，「刷」地一聲，牆上便出現了一道門，令得木蘭花驚訝不止的是，門外就是海水，可以斷定的是並沒有玻璃擋著海水，但海水並不向門內湧進來，那當然是利用氣壓的原理，將海水擋住了，人可以自由出入，而海水卻不能湧進來——這和將一個玻璃杯迅速地倒插入水中，水不能進入杯內，是一樣的道理！

那人顯然是個領隊，門一打開之後，他便命令眾人一個一個地向外游去，木蘭花自然也雜在眾人之中，並沒有人認出她來。

她想就此浮上海面去，但是她前後全是人，如果離隊行動，一定會被追回來的。

這時候，情況比她剛推著餐車從房間中走出來的時候，已不知好了多少倍了，她並沒有必要再作過度的冒險。

她游出了不多久，便看到一艘圓形的深海潛艇停在海中不動，而眾人正是向這艘潛艇游去的，潛艇的底部有一根管子，一個接著一個，從那根管子上升上去，到了一個艙中。

那艙十分寬大，可以坐上二十個人，四面全是玻璃，海中的景色可以一覽無遺，而艙中則沒有燈火，這是為了可以更清楚地看到外面的情形，卻恰好方便了木蘭花。

木蘭花跟著旁人坐了下來，不一會，領隊也進艙來了，他向著一個話筒講了幾句話，潛艇便迅速而平穩地向前駛去。

一路上，沒有一個人說話，潛艇的速度之快，可以從被潛艇所捲起的暗流看出來，木蘭花估計時速至少在一百浬左右。

約莫過了十分鐘，潛艇前面突然射出探照燈也似的強烈燈光，將前面的海面照得通亮，只見有幾個碩大無比，銀灰色的半圓形罩子罩在海底之上。而從這些罩子之上，浮著許多電纜通向海面，看來像是與浮在海面上的碟形物連接在一起。

木蘭花一看到這種情形，心頭便怦怦亂跳，她知道，那一定是海底發電廠了！也就是這個超人集團的動力命脈了！

木蘭花又記起了一件事來，那件事，世上的人一直認為是一個謎，那便是二次大戰之後不久，英國的一家大型工廠接到了某國政府的一張訂單，要他們製造一批奇異的機械，類似發電器具，而且還加上不鏽金屬巨大的外殼，可是當東西鑄好之後，東運途中，船隻卻在海中沉沒，無人生還。

接著，某國政府又否認其事，但當時有人自承是某國政府的代表，並且通過瑞士一家素有信用的銀行，付了一筆幾乎不是任何私人所能付得出的巨額訂金，這個人在事後也失了蹤。

最奇怪的是，那個人也不來追究這批機械的得失！

這件事從頭到尾都透著奇怪，木蘭花在沒有事情做的時候，也曾廣集資料研究過，可是卻一點頭緒也沒有，直到這時，她看到了那幾個球型的大殼，她心中才為之恍然！

當時一定是超人集團自己還沒有充分的生產能力，所以才弄了這樣的一次玄虛，假手世上的大工廠替他們完成這家發電廠的。

木蘭花看到了這種發電廠之後，心頭更是興奮，可是就在此時，艙中響起了「嗡嗡」的聲音，潛艇在突然之間停了下來，在領隊所坐的桌子上，有一盞小紅燈不斷地閃著，領隊拿起了電話，「唔」，「唔」地答應著什麼，艙中的電燈也亮了起來。

領隊放下了電話，用英語簡單地道：「木蘭花小姐，請你去和你的兩個朋友會面，今天的參觀節目，本來是沒有你的份的，你也不必一定硬要參加！」

那人所講的是英語！

木蘭花在一聽到「木蘭花小姐」這一個稱呼時，她全身已自一震。

她立即知道，那是在電梯中的人和房間中的女工都已醒過來了，她混進了潛艇一事，已被人知道，所以她前功盡廢了。

她僵坐著不動，其他的人也和她一樣。

領隊冷笑了一聲，道：「木蘭花小姐，你難道不相信我能在眾人中將你認出來麼？」

木蘭花陡地除了銅帽，身子疾躍了起來，將銅帽向艙旁的玻璃猛地碰了過去，那頂銅帽十分沉重，木蘭花希望能夠將玻璃碰破，造出一場混亂，那麼她還可以在混亂中脫身。

可是，那頂沉重的銅帽在碰到了玻璃之後，發出了「碰」地一聲響，玻璃絲毫沒有損傷，銅帽落到了地上。

領隊的冷笑了一聲，道：「小姐，這算什麼，是發脾氣了麼？」

他按下一個掣，一扇門打開，兩個中年男子走了進來，他們手中各自握著一柄那種奇異的手槍。

木蘭花已經知道這種槍的管子是軟的，射出的子彈可以飛向任何角度，而且還能發射不致人死命，卻令人麻醉的「子彈」。

那兩個中年人面向木蘭花揚了揚他們手中的槍，木蘭花幾乎沒有反抗的餘地了！

她向門口走去，這時，艙中的每一個人都除下了銅帽，每一個人都以一種十分奇異的眼光望著她。

木蘭花出了門口，那兩個人跟在她的後面，到了另一個艙中，在那裡，有幾艘橄欖形的小型潛艇停著，兩人中的一個搶前一步，打開了其中一艘的小門，其間的大小，恰好可容一人曲膝而坐。

「你不妨脫去潛水衣，」那人冷冷地道：「這艘無人駕駛潛艇的自動航行系統，會將你帶到你所要去的地方去的！」

「如果機件發生故障呢？」木蘭花幽默地問。

可是那人卻顯然沒有幽默感，他冷冷地道：「超人集團製造的一切，是絕不會有故障的。」

木蘭花除下了潛水衣，坐了進去，門「碰」地被關上，艙中一片漆黑，立即，她覺得一陣劇烈的震盪，自動潛艇已經像魚雷一樣地射了出去！

不到一分鐘，她眼前有了一種深藍色的光亮，那是海水所發出來的光亮。在她的面前，有著一塊一呎見方的玻璃，可以使她看到海水中的情形。

如果不是她等於身在囹圄的話，海中的情形是十分迷人的，可是這時，木蘭花卻沒有心思去欣賞海底的奇景。

她心中在想著：自己要去見兩個朋友，那是什麼意思呢？兩個朋友，難道是指高翔和穆秀珍麼？如果的確是他們，那麼自己三個人是一齊落入這個「超人集團」的手中了！

這個超人集團擁有如此先進的科技設備，自己有什麼辦法與之作對呢？想到這裡，木蘭花幾乎灰心了！

但是，她又想起了武俠小說中所描述的「金鐘罩」的功夫來，這門功夫練成之後，刀砍不入，全身堅逾鋼鐵，但是卻一定有一處致命的弱點，稱之為「罩門」。

如今這個「超人集團」可以比喻為一個刀槍不入的巨人，但是他也有一個「罩門」，那個「罩門」便是那所發電廠，那是它致命的要害！

木蘭花一面想著，一面在注視著前面，她發現自己在漸漸上升，因為她面前出現的海水顏色正在漸漸變淡，終於，她可以看到射進海水之中的陽光了。在海底下是日夜難辨的，這時她總算可以知道如今是白天。

沒有多久，那艘小型潛艇便浮在海面上了，木蘭花看到有一艘快艇正向她駛了過來，快艇上共有四個人，都是持有武器的。

那艘快艇停在她的附近，木蘭花又看到其中一人撥動著一個儀器，受無線電波操縱才能打開的自動潛艇門打了開來。

木蘭花立即聽到了一個冷冷的聲音道：「小姐，你可以出來了。」

木蘭花向外望去，只見一艘更大的白色遊艇，也正在向著自己駛來。

這時，木蘭花的上半身已出了艙門，她如果立時一俯身的話，可以迅速無比地跳入水中，她可以立即在潛艇的下面游過，到達潛艇的另一面，那麼子彈就射不中她，而她也可以有機會潛水離開了。

可是一則，木蘭花發現四周圍全是海水，她就算逃走了，在汪洋大海之中想要獲救，也是難上加難，近乎不可能的。而且，她還想見一見那領隊所說的「兩個朋友」究竟是誰。

所以，逃走的念頭在她的腦際一閃而過，她向外跨出了一步，到了快艇上。

快艇上的四個人散了開來，和木蘭花保持著一定的距離，手中的武器對準了木蘭花，顯然他們也知道木蘭花的厲害。

木蘭花微微地笑著，她眼看那艘潛艇又潛下水去，而遊艇則已漸漸接近。不到五分鐘，遊艇已經和小艇並排接在一起了。

木蘭花也聽到了一個略帶憤怒的聲音，在遊艇的左舷響起，道：「木蘭花小姐，你在接受訓練之後，是歸我指揮的，可是我卻不歡迎有你這樣的部下。」

木蘭花抬頭向上望去，站在舷邊的是一個十分壯碩的漢子，一臉傲氣，再加上一個鷹鉤鼻，使人一望便知道他是一個十分工於心計，而且又是十分殘忍的人，他看來像是中東人。

木蘭花沒說什麼，躍上了遊艇，那人又道：「若是你再有這樣的行為，我定然要不客氣了。」

木蘭花來到他的面前，揚起了頭來，道：「你要怎樣不客氣法？」

那人的面色陡地一沉，揚手一掌，便向木蘭花摑了過來。

木蘭花的頭微微一側，左手反手一撈，便已抓住了那人的手腕，用力一拉，將那人拉得向前跌出了半步，而木蘭花的左足也已抬起，一足踏在那人的小腹之上，手指也跟著一鬆！

只聽得那人發出了一聲怒吼，身子凌空飛起，跌出了船舷，撲通一聲，跌進了水中，等到他浮起來時，木蘭花冷冷地道：「對女士要有禮貌，你們超人集團難道不知道這一點麼？」

那人怪聲吼叫著，向前游來，先到了小艇之上，他迅速地拔出腰際的武器，向木蘭花瞄準，眼中殺機畢露，更令得他看來像是一頭惡獸。

木蘭花身形一閃，連忙向後退去。

可是她只退出了一步，便聽得身後幾個人喝道：「不要動！」

她回頭看去，在遊艇的許多角落，已經有武器對準著她，使她無法動彈！

那人面上露出獰笑，從小艇上上了遊艇，向木蘭花一步一步地逼近過來，在木蘭花身前三尺處站定。在這樣的情形下，木蘭花也有些後悔，自己剛才太逞一時之快了！

她迅速地轉著頭，希望逃避那人的侮辱（那人要過來報復，這是意料中的事），可是她卻想不出辦法來，而那人則已露出了雪白的牙齒，道：「現在，我要你知道我是怎樣的不客氣法！」

那人一面說，一面倏地伸出手來，抓住了木蘭花胸口的衣服，木蘭花又驚又怒，她正準備不顧一切地反抗之際，忽然，那人手腕上的錶發出了一陣尖銳的「滴滴」聲音來。

看那人的情形，本來是要發力將木蘭花的衣服撕破的，但是那種尖銳的「滴滴」聲才一傳了出來，他便鬆了手，後退了一步，而從那只「手錶」中，則傳出了清晰而低微的語聲。

那聲音在講些什麼，木蘭花並聽不懂，她只是看到那人的面上現出了憤怒又無可奈何的神色來，等到「手錶」中的聲音發完，那人狠狠地瞪了木蘭花幾眼，轉頭怪叫了幾聲，有一個人走了過來，道：「小姐，你快跟我來！」

那人講的是中國話，木蘭花忙問道：「我將到什麼地方去？」

那人一面走，一面急促而低聲地說道：「看在上帝的份上，你別那樣了，嘉路賓是殘忍成性的殺人王。」

「那他剛才為什麼不殺我？」

「頭子下命令不准他殺你，你別多問了，我是不能和你交談的。」

木蘭花不知道這個「頭子」是誰，因為剛才那聲音，聽來不像是阿爾法博士的聲音。阿爾法博士是這個「超人集團」的最高領導人，木蘭花當日能夠將他俘虜，全是一種巧合，如今當然不會在艇上的，但木蘭花卻相信那「頭子」是在艇上，他一定是通過了電視傳真設備看到了甲板上的情形，才下命令給那個嘉路賓的。

轉過了艇前的艙，來到了左舷，從一道樓梯走下去，到了下面一層艙中，那人伸手推開了艙門，道：「小姐，請進去。」

「謝謝你。」木蘭花對他十分客氣，說：「你貴姓？」

她知道，剛才那人對她警告，那只不過是因為大家全是中國人的關係。然則，她又何嘗不能進一步地利用這種關係呢？

「我姓張——」那人十分惶恐地說了一句，連忙住口，向後退了出去。

木蘭花走進了艙門，她才向內看去，便不禁呆了，艙內的設備十分華貴，在兩張流線型的沙發上，各坐著一個人，左面的一個是高翔，右面的一個卻正是怒目圓睜的穆秀珍！

木蘭花呆了一呆，她心中在苦笑，但是卻步履輕鬆，十分鎮定地向前走去，道：「你們兩人怎麼也到這裡來了？」

「我們在電梯中昏了過去，」穆秀珍搶著回答：「醒來的時候在小艇中，接著便被帶到了這裡，已經很久了，蘭花姐，你——」

穆秀珍苦笑了一下，並沒有再追問下去。因為木蘭花如今的處境和她一樣，她問木蘭花是如何來的，是絕無意義的事。

木蘭花在他們的對面坐了下來，笑了一下。

「你們沒有受傷麼？」

「沒有。」高翔和穆秀珍齊聲回答。

「那好，留得青山在，不怕沒柴燒，我剛才做了一件傻事，幾乎送了命。」

「希望你以後不要再做傻事了！」

就在木蘭花所坐的那張沙發之旁，突然傳來了人聲，傳音器是裝在沙發的扶手之上。

「唉，不是外星人，便是科學怪人！」穆秀珍喃喃自語。

「哈哈，」那聲音笑了起來，穆秀珍的自言自語，他也聽到了：「不是科學怪人，小姐，是科學超人！是沒有人能夠鬥得過的超人！」

「我鬥得過！」穆秀珍大聲叫著。

「小姐，你如今是我們的俘虜，還這樣高叫，不是太滑稽了麼？」

「呸！有什麼滑稽？」穆秀珍一味不服氣。還是木蘭花向她擺了擺手，她才停了下來。

「不論你們是怪人還是超人，人各有志，我們不願意作為你們之中的一分子，難道不行麼？」木蘭花沉靜地責問。

「當然可以，不過遺憾得很，在我們的計畫未曾全盤發動前，木蘭花小姐，你已經知道得太多了！那麼，除了殺你滅口外，是沒有別的辦法了。」

穆秀珍和高翔兩人的面色開始變得蒼白，木蘭花卻依然如故。她只是冷笑了一下，並不出聲。

「你們還有半小時可以考慮。」

「我看不必浪費這半小時了，你們準備用什麼科學方法來殺害我們？」

「噢，」那聲音感嘆道：「嘉路賓想出來的方法，一點也不可以稱為科學，你們向外望望看。」

木蘭花等三人一齊向外望去，她們看到許多三角形的背鰭，如同利刃一樣地劃破水面，在來回迅速地移動，那是虎鯊的背鰭。

「嘉路賓用鮮肉召來了大群虎鯊，你們將被推下海去，作為虎鯊的食料，你們好好地利用這半小時吧。」

「哈哈，」木蘭花道：「這的確太不科學了，只有在羅馬時期，犯人才被推入獅籠之中餵獅子，但是根據羅馬貴族的『人道』，被推入獅籠的人，照例是供給武器，可以和獅子搏鬥的，不知道你們是不是也準備供應我們武器呢？」

6 海中逃生

過了好一會，才聽到了那聲音的回答，道：「我個人很佩服你，木蘭花小姐，在如今這樣的情形下，你居然還有心情說笑話。」

穆秀珍拉著木蘭花的衣袖，望著木蘭花，道：「蘭花姐，我們——」

木蘭花望著在海面上迅速游動的虎鯊群，雙眉緊緊地蹙著。

在她以為只不過過了極短的一剎那時間，那聲音已道：「小姐，十五分鐘了！」

「蘭花，」高翔俯了俯身子：「我們似乎沒有別的辦法可想了。」

「胡說，你願意加入這個混帳怪人集團麼？」穆秀珍雖然面色發青，但是仍然駁斥著高翔。

「我並不是這個意思，」高翔分辯道：「我是說，我們是絕無可能在這種虎鯊群中逃生的。」

「你說得對。」木蘭花的回答更令得高翔和穆秀珍兩人感到了一股寒意。

穆秀珍連忙道：「那我們——」

木蘭花揚了揚手，她的手勢，使穆秀珍知道木蘭花是不讓她講下去，但是木蘭花卻又不出聲，只是緊鎖雙眉，一聲不出。

時間一點一點地過去，穆秀珍急得站了起來，團團亂轉，幾乎只是轉眼之間，又聽得那聲音道：「五分鐘，三位，你們只有五分鐘的時間了！」

木蘭花陡地抬起頭來，道：「如果我們此際答應了你，你難道會相信我們的話麼？」

那聲音笑了一下，道：「我們超人集團，到目今為止，拒絕參加的只有你們三個人，一般的情形是人家千方百計地要參加，但是經我們審核的結果，卻是不夠資格！」

「那也好，」木蘭花冷冷地道：「事情總要有個開端，就從我們開始，那也不錯。」

「你們的情形既然和別人不同，在你們答應了之後，這艘遊艇便立即會送你們去追一艘法國郵船，你們三人必需一起劫掠這艘郵船，以表示你們對集團的忠貞。」

「哈哈，」木蘭花大笑了一聲：「原來所謂超人集團，實際上就是盜賊集團。」

「小姐，你們只有三分鐘了。」

「秀珍，高主任，」木蘭花的面色變得十分嚴肅：「你們兩人可以不必學我，要知道，如果學我的話，那我們在三分鐘之後，將要在虎鯊堆中游泳，那滋味是不十分好受的。」

「蘭花姐，我……我跟著你！」穆秀珍面色蒼白，但是勇敢地說。

高翔則突然踏前一步，道：「蘭花，我有……幾句話，藏在心底深處，要向你說，已經很久了，可是一直沒有機會，蘭花，我——」

高翔才講到這裡，「砰」地一聲，艙門被兩個人推了開來，高翔的話頭也被打斷了。

木蘭花按住了高翔的手臂，道：「你不必向下說，我明白你的意思了。」

「蘭花，你明白？」

高翔的眼中充滿了喜悅，雖然他明知那兩個人前來，是要來將他們推到海中去餵虎鯊的。

「是的，我明白，我覺得十分難以回答你，你……是個好人，可是我……」

木蘭花抱歉地笑了笑：「在如今這樣的情形下，來討論這個問題，不是太不適合時宜了麼？」

高翔眼中的那喜悅之情頓時斂去，他曾經好幾次間接地對木蘭花表示愛意，但木蘭花都未曾正面答覆，這一次，他要說的話雖然還未曾說出來，但是木蘭花的回答卻已經十分明白了。

高翔伸直了身子，道：「蘭花，我也明白了，我仍然是一樣地對你。」

木蘭花輕輕嘆了一口氣，站在門口的兩名大漢，已一齊叱喝了起來，而在那兩名大漢後面，又出現了一個壯漢，那便是想出用虎鯊來解決他們的嘉路賓。

嘉路賓的面上帶著殘忍而得意的微笑，道：「三位，已經到時間了，請吧！」

木蘭花左手抓住了高翔，右手抓住了穆秀珍，道：「好，我們走。」

她兩手抓住了兩個人，並不是抓住了就算了，她雙手的食指在兩人的手臂上，不斷地作急徐不同的輕點，她點的是摩斯密碼，但是卻不會被人覺察。

木蘭花心中有一個計畫，但這個計畫必需三人共同行動才能有用，所以她必需將自己心中的計畫講給高翔和穆秀珍兩人聽。

而她的這個計畫，又是絕不能讓對方知道的，所以她才在最後關頭，用這個方法通知兩人，就算這時有人看到她的手指在動著，那也只當她是因為恐懼而在微微發抖，哪裡會想到木蘭花還在作死裡逃生的最後打算！

穆秀珍在接到了木蘭花的通訊之後，她的面上不由自主現出了興奮的神色來，木蘭花瞪了她一眼，她才詐作驚惶。

他們三人仍是手把手，一齊向外面走了出去。

當他們來到艙門口時，那個聲音又在他們的背後響起，道：「我還可以額外給你們一分鐘。」

「不必了！」木蘭花的回答十分乾脆，他們三人一齊走上樓梯，到了甲板上。

甲板上沒有人，想來除了嘉路賓之外，別人對虎鯊吃人也不怎麼有興趣，因為「超人集團」畢竟不是一個普通的盜賊集團，而是一個由許多具有野心的科學家所組成的組織，這樣的組織，當然和普通的盜賊集團不同，殘忍成性的人是不會太多的。

木蘭花一見甲板上一個人也沒有，連忙向高翔及穆秀珍望了一眼，二人都會意地點了點頭，他們向前走去的勢子慢了許多，身子也向後斜著，不願接近船舷，雙腿甚至在微微發顫。

「哈哈！」嘉路賓在他們的身後放肆地笑著，一面和那兩個大漢推著木蘭花等三人。

木蘭花等三人要等他們用力推上幾推，才勉強地向前邁出半步，看來，他們三個人的精神，像是已經完全崩潰了。

「咦，你們怎麼了？」嘉路賓得意地嘲弄著他們：「你們三個人被人們稱之為『東方三劍俠』，怎麼一點劍俠的氣概也沒有了？」

嘉路賓越說越是狂妄，笑得更是殘忍，木蘭花三人只是一聲不出，一直被他們推到了船舷的邊上。

嘉路賓大聲叫道：「東方三劍俠，去和鯊魚為伍吧。」

他的話一說完，便和其他兩個大漢，一齊在木蘭花、高翔和穆秀珍等三人的背後一推！

任何人都以為這一推，一定是將木蘭花等三人，撲通一聲跌入海中的了，不但嘉路賓這樣以為，連在艙中向外看著的人也都那麼以為。

甲板上沒有別人的原因，正如木蘭花所料，是沒有人願意看鯊魚吃人的殘忍景象，在窗內張望的人，一見到嘉路賓等三人下手，立時轉過頭去，不再觀看，卻不料變故就在他一轉頭之間發生了！

當嘉路賓等三人猛地向前推出之際，木蘭花、高翔和穆秀珍三人，突然以極快的速度，旋風也似地轉過了身子來！

他們一轉過身子來，便幾乎和對方鼻子碰著鼻子！嘉路賓等人陡地一呆。

只要他們一呆就夠了，木蘭花、高翔和穆秀珍三人已經得手了！

他們三人在柔道上都有很著相當高的造詣，尤其是木蘭花，更是高超之極，這時候，她們三人的右手陡地抓住了對方的肩頭，左手則在對方的腰際一拉，不到半秒鐘的時間，已經將三人一齊摔了出去！

其中，由木蘭花摔出的嘉路賓跌得最遠，當他在半空之中向著海水跌去之際，所發出的那種怪叫聲，凡是聽到的人，只怕一生也不會忘記的。

穆秀珍摔出的人最近，但最近的一個人，「撲通」一聲跌入海中之際，離遊艇的船舷也有十五六呎了！

在海中巡弋的虎鯊，三秒鐘之間便向這三個人攻了上去，三角形的尖鰭劃破海面之際的速度驚心動魄，幾乎是立即地，海面之上浮起了殷紅的血水來。

而在遊艇上，也已發出了驚呼聲，「砰砰」的槍聲，打破了剛才剎那間的寂靜。

子彈穿破了窗子，向外飛來！

但在這時候，木蘭花、高翔和穆秀珍三人早已雙手一舉，插入了海中！

他們插入海水之中的姿勢，可以說是十分之美妙的，也沒有激起浪花，攪動海水，他們一到了海水之中，便看到海水中那一幕驚心動魄的爭鬥！

就在他們五碼之外，至少有十二條虎鯊在攻擊著三個人！捲起的浪花，全是那怵目的殷紅色，這可以說是誰都未曾見過的景象！而這種景象，則正是木蘭花計畫之中所早已預料到的。

當木蘭花在艙中，知道自己只有十五分鐘的時間之後，她想出了這個辦法。虎鯊可以說是海中最殘忍的動物，當牠們攻擊一個目標的時候，不等那個目標被徹底毀滅，是絕不休止的，所以木蘭花就想到先將押自己的三個人摔到海水中去！

那三個人一被摔到了海中，自然而然成為虎鯊攻擊的目標，虎鯊群未將這三個人撕碎之前，是不會去顧及其他的。木蘭花等三人便可以十分輕巧的入水法，插入海水之中，盡量不引起虎鯊的注意。

只想到這裡，還是不夠的，木蘭花當然不是有頭無尾的人，而她計畫的最精彩部分還在後半部。

那是木蘭花料到，當嘉路賓等三人跌入海中之後，遊艇上的人一定會集中在右舷，設法救他們，救嘉路賓等三人唯一的辦法，便是射死虎鯊。

虎鯊被射死之後，不但他們安全了，而且，他們還可以趁人不覺，在艇底游到船的另一面，悄悄地爬上遊艇去藏匿起來！

這便是木蘭花的逃生計畫，也就是木蘭花以手指敲出摩斯電碼通知高翔和穆秀珍兩人的計畫。

這時，木蘭花等三人在海水中，可以看到虎鯊開始翻騰，那顯然是上面的人在開始射死虎鯊了。

其時，海面上早已一片殷紅，木蘭花可以肯定，等到虎鯊全被殺死之後，嘉路賓等三人可能已不剩下什麼了。

這一點對木蘭花也是有利的，因為遊艇上的人無法知道虎鯊究竟是吃掉了三個人還是六個人，那麼，就不會注意木蘭花等三人有再度爬上遊艇的可能！

在海水中，木蘭花向高翔和穆秀珍兩人作了一個手勢，三人迅速地貼著遊艇底部向前游了出去，轉眼之間，便看到了遊艇的另一邊。

木蘭花第一個冒出海面來。

她才一冒出海面，便聽到了人的呼叫聲，槍聲，嘈成一片。

然而這一場聲響卻全是從另一面傳來的，她浮起來的這一面，如她的意料一樣，一個人也沒有，他們三人迅速地爬上了遊艇，木蘭花掀起蓋在救生艇上的帆布，三人縮成一團，伏在救生艇中，上面又蓋好了厚厚的帆布。

外面發生了什麼事，他們已沒有辦法知道了，因為他們的頭頂上有帆布蓋著，而他們又不懂超人集團的那種獨特語言，所以也不知道那些人在叫嚷些什麼。他們只是聽得槍聲停了，海水的翻騰聲也停止了，那自然是所有的虎鯊盡皆被殺之故。

而人聲也漸漸地靜了下來，約莫過了半小時，他們覺出遊艇在發出輕微的震動，那是已經離開了停泊的所在，在向前航駛了！

三人中，穆秀珍首先鬆了一口氣。

他們三個人擠在救生艇中，是幾乎身子貼著身子的。穆秀珍在當中，她面對著高翔，她一鬆氣，一口暖洋洋的氣便噴到了高翔的臉上。

高翔只覺得鼻孔發癢，忍不住要打噴嚏，他當然知道用手指緊按鼻梁骨，是防止打噴嚏的最好方法，可是他的手卻被穆秀珍壓著。

等到他掙出手來時，肘部又碰到了穆秀珍的胸前，穆秀珍幾乎要大叫了起來，她一移足，重重地踏在高翔的足尖之上。

高翔痛得淚水直流，但這一痛，卻也有好處，他的鼻孔不再發癢了，他也不敢出什麼聲，只是低聲嘆了一口氣，表示他的冤枉。

而穆秀珍似乎還不肯原諒他，發出了「哼」地一下悶哼聲，照這樣情形發展下去，他們兩人很有可能在救生艇中拌起嘴來！

木蘭花忙低聲道：「噤聲，有人來了！」

木蘭花的話比什麼都靈，高翔、穆秀珍兩人立時靜了下來，而木蘭花也不是砌詞恫嚇的，果然有腳步聲慢慢地傳了過來。

那腳步聲越是傳近，木蘭花等三人心跳得便越是劇烈，突然間，一種聲音傳入了他們的耳中，更令得他們心驚。

那是拉動帆布的聲音！

走向前來的那個人，顯然是負責照料救生艇的，他這時自然不知道，在三艘救生艇中，有一艘中間正藏著三個人，但是拉好帆布，使帆布將救生艇完全蓋起，這卻是他的責任。

當然他也會來察看木蘭花等三人藏身的那艘救生艇，那麼他發現三人的可能性極大，因為三人相繼進入救生艇之後，只不過將帆布隨便蓋上而已，來人只要拉一拉帆布的話，就可以發現有異了。

但是在如今這樣的情形下，他們除了希望幸運之神降臨之外，也沒有別的辦法可想了。

那腳步聲在停了片刻之後，又向他們移近，他們可以聽出，那個人就站在他們藏身的那艘救生艇之前，接著，帆布動了，粗糙的帆布在他們的頭頂之上擦過。帆布只移動了一下，穆秀珍便覺出有什麼東西向她的頭上壓了下來。

她一縮頭，那向下壓來的東西跟著下降，碰到了她的頭頂，雖然隔著一重帆布，穆秀珍也可以覺出，那是一隻人手！

穆秀珍緊張得額上出汗，可是這時候，光是緊張也沒有用了，他們三人只覺得眼前陡地一亮，蓋在救生艇上的帆布已被人揭了開來！

木蘭花首先發動，她身子一挺，雙手向上伸去，看她的動作，像是想將掀開帆布的人的脖子掐緊，使他不能叫出聲來。

然而她身子才一挺起，便立時又縮了回來，同時，被掀起的那塊帆布，也迅速地蓋了下來，又將他們三人遮住，而他們三人則聽到了一陣急速的喘氣之聲。

這一剎那間的變化，令得高翔和穆秀珍兩人莫名其妙！他們只知道，剛才的危機可能已成為過去了，但是究竟是怎麼過去的，他們卻不知道。

木蘭花則是知道的，她一挺身而起，準備進攻那人之際，忽然之間停手，那是因為在她的雙手將要碰到那人頸際的時候，木蘭花發現那人是她認識的。

那人就是在她一上遊艇之際，向她發出過善意警告的姓張的中國人！

所以木蘭花才突然住了手，而那塊帆布也突然之間蓋了下來。

帆布蓋下來之後，並聽不到那人的叫聲，只聽到那人的喘息聲，這說明那人並無意揭露他們，而他之所以喘息，那是由於緊張。

過了片刻，木蘭花低聲道：「張先生，你——」

她只叫了四個字，便聽到救生艇上發出了輕微的敲打聲，那是摩斯電碼，木蘭花很快地就知道，那姓張的敲出的是：「別出聲，千萬別開口。」

木蘭花也伸出手在艇壁上輕輕地敲著：「只要你不聲張，他們是不會發現我們的。」

「你們沒有機會逃脫的，還是出來吧。」

「不，我們可以逃脫的，只要你肯幫助我們，你不必做什麼事情，只當沒有看見我們就是了。」

「唉——」那人輕輕地嘆了一口氣。

「遊艇向何處駛去，你知道麼？」木蘭忽繼續以長短不同的摩斯電碼和那人通話。

等了半晌，那人才以指叩艇，傳來了回答：「駛到ｘｘ港去。」

木蘭花心中陡地一喜，ｘｘ港離他們居住的城市只不過三哩，是他們居住的城市的衛星城市，也是城市居民假日遊憩的好去處。如果遊艇到了ｘｘ港，他們又能偷上岸去的話，那便完全脫險了。

「多謝你，」木蘭花繼續敲著：「我們在遊艇泊岸之後，便會設法離去的。」

她沒有再得到回答，只聽得那人的腳步聲漸漸地傳了開去。

「蘭花姐，」穆秀珍用幾乎聽不到的聲音問：「這人，他，會去告密麼？」

「難說得很，我想可能不會，但也可能會，如今我們只有等著，千萬別再出聲了。」

三人在救生艇內緊緊地握著手，他們的命運，可以說繫於那人的一念！他們只覺得遊艇的速度在漸漸地加快，救生艇旁也不斷有人在走來走去。

天色漸漸地黑了下來，救生艇內，早已成了漆黑的一團，木蘭花看看腕上的手錶，綠閃閃的燐光，告訴她已是夜晚十時了，突然之間，他們又聽到了一下輪船的汽笛聲。

他們互相握著的手緊了一緊，那表示他們心中都在興奮，既然聽到了輪船的汽笛聲，那自然是離港口已經不遠了。

緊接著，他們可以覺出遊艇的速度在顯著地慢了下來，而其他各種聲音也多了起來，這正是離港口越來越近的表示。

終於，在十一時三十分，遊艇靜止不動了。

在遊艇靜止不動之後的半小時內，穆秀珍好幾次要頂開帆布向外走去，但是卻被木蘭花出力拉住。

他們又在救生艇中伏了一個小時，到凌晨一時，幾乎已靜得什麼聲音也都沒有了，木蘭花才慢慢地頂開了帆布，向外面看去。

甲板上一個人也沒有，只有在駕駛室中還有燈光，而且可以看到人影在移動。向外看去，船桅林立，許多豪華的遊艇停泊著，那正是她熟悉的一個海灣，木蘭花將帆布頂得高起了兩呎上下。

那可以使高翔和穆秀珍兩人爬出救生艇，同時，又可以遮住從駕駛室望過來的視線。

穆秀珍先爬出來，接著是高翔，最後是木蘭花，他們三人沿著船舷向下攀去，不到兩分鐘，他們已經先後沉到了水中。

到了水中，他們才真正地放下心來，向前游了出去，游出了十來碼，突然之間，前面有兩道強光疾射了過來。

那兩道強光，令得木蘭花等三人在剎那之間什麼都看不到，他們像是盲了一樣，而在他們還未曾來得及向水面之上升去之際，四周圍便已水花翻騰，在感覺上，他們知道，至少有近十個人在向他們游了過來，木蘭花雙足一蹬，待要硬闖過去，可是她身子射出了五六呎，卻撞在一張網上。

緊接著，她全身上下都被那張網網住，而高翔和穆秀珍兩人的命運也好不了多少。

他們都知道在網中掙扎是沒有用的，只好先將身子蜷曲起來，以免受到意外的損傷，他們一直被那種強光照射著，被人帶出了十來碼，才漸漸地向海面上浮了上來。

當他們三人被困在網中，出了海水之際，他們眼前一片漆黑，仍是什麼也看不到，他們只覺得已到了一艘船的甲板之上。

接著，便聽到有人絡續爬上船來的聲音，同時，聽得一人大聲道：「報告，捉到了三隻『水老鼠』，他們正在水底活動。」

另一個聲音道：「先將他們解開來！」

木蘭花和穆秀珍兩人一聽到這兩句對話，便立即放下心來，因為這兩句對話，使他們明白自己是落在警方的手中，而不是又成了「超人集團」的俘虜。

只不過高翔聽到這兩句對話，心中卻大不是味兒，他同時也認出了後一個聲音是什麼人所發的，他大叫道：「王警官，你這是什麼意思？」

這時候，他們三人的視力已漸漸地恢復了，他們看到自己是在一艘水警輪的甲板上，七八個全副潛水配備的警員，和一個警官，正站在他們的身邊。

而高翔的話才一出口，那些警官和這個警官立時起了一陣騷動，七手八腳將他們三人從網中解了出來！

「高主任，原來是你！」那警官在高翔身邊垂手侍立。

「高翔，你們警方的工作做得很好啊！」穆秀珍還故意開高翔的玩笑。

「哼！」高翔頓足，滿面怒容。

「高主任，」木蘭花抖了抖被海水濕透了的長髮：「你不能責怪他們，這裡水中竊賊的確十分活躍，而王警官的工作的確是十分出色，要不然，我們怎會落入他所布下的陷阱之中。」

「這個——」高翔頗有些啼笑皆非之感，難以向下說去。

「好了，大主任，別擺架子了，我們還有正經事，快送我們回家去吧。」穆秀珍在高翔的肩頭之上重重地拍了一下。

「王警官，你先用無線電話和總部聯絡，我要和方局長通話，你命令這艘水警輪送我們到總部去！」高翔下著命令。

而木蘭花則站在水警輪的輪首，向前看去，她沒花多少時間，便認出了那艘遊艇來。

那艘遊艇停在其他的遊艇之中，一點也看不出有什麼特異之點來，如果木蘭花不是親身經歷過那一連串奇險的話，她也不會相信這艘遊艇是屬於有著這樣駭人目的的「超人集團」所有的。

水警輪很快便啟碇，木蘭花和高翔一起到了通訊室，他們已聽到了方局長的聲音。

方局長問他們究竟發生了什麼事，高翔則表示一言難盡，將向他當面報告。

水警輪的速度很快，沿著港灣向前駛著，從ｘｘ港到市區警方的專用碼頭，只不過兩海浬多的海程，不消二十分鐘就可以到達了。

木蘭花和穆秀珍兩人坐在椅子上休息，高翔實在也想歇上一會，但是王警官卻在不斷地和他講話，令得他不能不回答。

穆秀珍是個不定性的人，她坐了一會，便走了起來，身上披著毯子，她的衣服仍然是濕的，走到了外面，向前看去，只見城市的燈光在黑暗之中閃爍著，看起來美麗異常。

穆秀珍站在輪首，吸了一口氣，她是從來沒有心事的人，這時剛好脫險，她應該十分高興才是，可是她卻愁眉不展。

因為她知道，這一次，他們的對手是從來也未曾遇到過的厲害對手，這個集團一定很快就能得知他們並未葬身魚腹，仍要來和他們為難的，鬥爭下去，他們可以說是一點勝利的把握也沒有！

穆秀珍注視著漆黑的海水，沉思著，忽然之間，她看到有兩道白色的浪花迅速地向水警輪接近，看來像是有兩條魚向水警輪撞來一樣。

穆秀珍陡地一呆，但是她立即明白了。

當她明白了的時候，那兩道白浪離水警輪已只有三十多碼了！她立即大叫：「蘭花姐，有魚雷，有魚雷來攻擊水警輪了！」

當她這兩下叫聲傳到了木蘭花的耳中之際，那兩道浪花來得更近了，穆秀珍只聽得木蘭花的聲音在她的身後響起，道：「在哪裡？」

穆秀珍手向前一指，回過頭去看木蘭花。

可是當她回過頭之後，卻沒有看到木蘭花，因為就在那時，水警輪突然發生了劇烈的震動，緊接著，先是海水像是沸騰也似地向上冒了起來，將穆秀珍的身子整個湧了起來。

再接著，兩下巨響，震得穆秀珍在半空之中連翻了七八個筋斗，又向海中落了下去，她一直向下沉著，剛才海水湧向她身上的重壓，使得她全身骨頭像是根根折斷一樣地疼痛，她沒有氣力向海面上浮去，只得聽其自然地下沉。

而這時候，她心中的難過，也到了幾乎令她失去了鬥志的程度。

她知道水警輪被魚雷射中了！

在港內海中，居然會有魚雷出現，那自然是「超人集團」所施放的了。

穆秀珍在水警輪的甲板上時，已經想到了超人集團會發現他們並未死亡，仍會對付她們。但是她卻料不到竟發生得如此之快！

如今，水警輪當然徹底毀去了，自己僥倖沒有死，但木蘭花和高翔呢？

她睜著眼睛，看到有一個穿警官制服的人也從上面沉了下來，隨著那警官的沉下，有幾股血水在四下散了開來，那是王警官，他顯然已經死了！

穆秀珍雖然身在海水之中，但是她卻感到淚水湧了出來，她竭力揮動著手臂，開始向水面上浮去，當她經過王警官的身子時，看到王警官傷得十分厲害，所以才會隨著他身子下沉而血水四冒。

穆秀珍沒有勇氣再向王警官的身子多望一眼，她立時轉過頭去，在漆黑的海水中拚命地划動著，像是不如此便不足以渲洩她心中的難過一樣。

不用多久，她就浮上了海面，只聽得所有停在港內的輪船都在不斷地響著汽笛，驚心動魄的「嗚嗚」聲，使得黑夜的靜寂被破壞無遺。

輪船在拉汽笛，當然是由於剛才的那一下爆炸。穆秀珍四面看著，她看到在離她二十碼處，有兩個人游了過來，一個是警員，另外一個似乎是高翔，但是卻不見木蘭花。

如果木蘭花沒有死的話，這下子也應該浮上水面來了，為什麼不見她呢？她是遭了不幸麼？穆秀珍覺得自己全身乏力，幾乎沒有力量支持在水面。

也就在這時候，穆秀珍突然覺出有什麼人在水底下拉她的腳，穆秀珍吃了一驚，連忙一蹬足，游開了幾呎。

可是不一會，那人又在拉她的雙足了。

穆秀珍心中一動，連忙在水中翻了一個筋斗，沉下水中去，海水雖然黑，可是她卻看到木蘭花就在她的面前，向她擺手。

穆秀珍的心中興奮之極，一張口，想要「啊」地一聲叫了出來，可是她卻忘記她是身在海水中了，一張大口，非但不能出聲，一大口又鹹又苦的海水卻湧了進來。

木蘭花雖在水中，看到穆秀珍吞下海水之後的怪模樣，也忍不住想笑，她向穆秀珍做了幾個手勢。

穆秀珍明白了，木蘭花是要她千萬別說她還活著，一切全當她死了，並且千萬不能和第二個人說起她安然無恙一事來。

穆秀珍點了點頭，木蘭花迅速地向外游了開去。

穆秀珍浮上了水面，高翔和三個警員已經游了過來，高翔叫道：「看到蘭花了麼？」

穆秀珍剛喝下了一大口海水，自然是一副哭喪的表情，她答道：「沒有。」

「那怎麼辦，我們快去找她！」

穆秀珍想笑，她張大了口，可是還未笑出聲來，便陡地想起，木蘭花要詐著已被魚雷炸死，當然是有理由的，自己一笑，便壞了她的事了，是以她立時改變主意，「哇」地一聲，哭了起來。

「秀珍，你別難過，蘭花會沒事的，我們立即就去找她。」

「她自己不會浮上來，」穆秀珍繼續哭道：「就算你將她找到了，又有什麼用？」

「這——」高翔呆了一呆，難以回答。

這時候，已有三艘快艇和四艘水警輪向出事地點疾駛了過來，轉眼之間，便到了近前，從一艘水警輪上拋下了救生圈，將穆秀珍、高翔和另外三個警員，救上了水警輪。

一艘水警輪上有近三十人，除了高翔、穆秀珍、木蘭花以及那三個警員外，全部犧牲了。

他們六人得以生還，絕不是有著什麼「護身符」，而是當爆炸發生時，他們恰好在艙外的原故。

那三個警員在甲板上當值，穆秀珍則在甲板上閒眺，因為她看到了水雷，高聲叫喚，將高翔和木蘭花兩人引了出來。

高翔和木蘭花兩人一剛出來，爆炸就發生了，爆炸所產生的氣浪，將在甲板上的人先行震落海中，是以他們才能倖免於難！

而其餘的人，隨著水警輪的爆炸，自然也無一能夠倖免了。

7 秘密情報

穆秀珍在被救上了水警輪之後，唯恐露出什麼破綻來，不斷地哭著。高翔心煩意亂，一面要安慰穆秀珍，一面下命令打撈，其實，他自己也想好好地哭上一場！

紛擾了近兩個小時，打撈上了十來具屍體，其中當然沒有木蘭花，高翔也曾下令立時去扣留那艘遊艇，可是那艘遊艇已不在港內了。

高翔請空軍派出巡邏機低飛尋找，但是在附近的海面上，也不見那艘遊艇的蹤跡，它當然是可能沉下海中去了。

一直到早晨八時，哭哭啼啼的穆秀珍才和高翔一起到了警局總部，方局長早已在等著他們，除了方局長之外，在總部會議室中的，還有市長、市區三軍司令、警備部隊司令，還有各國領事和武官。

這些人，全是高翔在無線電話中要求立即召集的，因為他不知道自己能活多久，他必須將「超人集團」的事情儘快地使更多人知道。

高翔和穆秀珍兩人才一進會議室，方局長便站了起來，道：「總參謀總長在十分鐘內可以趕到，我們等他來了，才進行正式會議。」

幾個敵對國家的領事發出「嘿嘿」的冷笑，道：「這算什麼，是新式冷戰麼？」

高翔大踏步地走到了會議桌前，舉起雙手，道：「不是冷戰，我們——所有的人，所有的國家，都必需聯合起來，對付一個共同的敵人！」

一個留著小鬍子的領事冷冷地道：「這敵人是什麼身分？」他是代表著一個外交政策出名狡猾的國家的。

「在我宣布了我所獲得的情報之後，各位便可以明白了。」高翔鎮定地回答著：「我們之所以公開這項秘密情報，是因為這件事和全世界每一個國家都有關係！」

與會各人紛紛交頭接耳，只有三軍首長保持著肅穆。突然之間，這三個高級軍官霍地站了起來，其餘人也停止了交談。

在會議室的門口，一個身形矮胖的老者，穿著將軍的制服站在門口。他滿面怒容，大聲道：「誰是會議的召集人？我要求解釋透過最高元首通知我來這裡聚會的原因！」

那是人所皆知的大人物，總參謀長梅將軍！

梅將軍脾氣之壞是出名的，如果不是有那麼多外交人員在場，他一定更要大發脾氣了。

「我是會議的召集人。」方局長站了起來：「我的部下發現了一項十分緊急的情報，所以才請梅將軍前來與會的！」

梅將軍「哼」地一聲，氣呼呼地在一張椅子上坐了下來，他的兩名秘書跟了進來，坐在他的身後。

方局長向高翔望了一眼，道：「高主任，如今你可以將你的發現講出來了。」會議室中頓時靜了下來，氣氛十分嚴肅，一向愛鬧愛玩的穆秀珍，在這樣的氣氛下，也只有屏氣靜息，一聲也不敢出了。

高翔沉默了半晌，道：「有許多具有野心的科學家，組成了一個集團——超人集團，這個集團擁有最新式的武器，他們正在研究一種長程控制火箭所用的固體燃料，而當這種燃料製成之後，各國政府便將接到他們所發出的最後通牒——到時候，沒有人能抵抗他們，因為他們在空中的數十個火箭場，能夠在半分鐘之內便毀滅各國首都！」

高翔先將事情的大概，說了一說。

他是親身歷過險的，他所說的一切，完全是千真萬確的事實，可是當他頓了一頓，向眾人望去的時候，卻發現眾人面上的表情雖有不同，或是微笑，或是木然，有的甚至在打呵欠和做鬼臉，卻沒有一個人是緊張萬狀的。

高翔呆了一呆，他知道眾人並不相信他的話。

「小夥子，」梅將軍大聲說：「你昨晚做了惡夢，還是看多了科幻電影？」

「我昨晚正在這個集團的掌握之中，是冒著性命危險才逃出來的，逃出來之後，一艘水警輪被炸毀，一位……最優秀的公民……至今生死未卜！」

高翔講到這裡，忍不住語音哽塞。

「水警輪爆炸並不能證明一定中了水雷，在內港船隻密佈的情形下，要施放水雷，幾乎是沒有可能的！」海軍首長沉聲道。

「可是那個集團做得到。」

「小伙子，你有什麼證據？」梅將軍厲聲問。

高翔愕然，他只當自己的話一講出，所有的人都會相信他的，梅將軍應該第一個相信，各國領事和武官也應該立即相信，然後，當各國領事將他的發現報告上去之後，各國政府更應該相信，那麼就可以在最短的日子之內，調集武力，去對付這個超人集團了。

可是如今，卻根本沒有人肯相信他的話，連梅將軍也不相信，而要他拿出證據來！

高翔能夠脫身，已算是上上大吉了，他怎麼拿得出什麼證據來?!

他愕然地站在會議桌前，一句話也講不出來。

梅將軍霍地站了起來，道：「這太笑話了，這簡直是貽笑國際的醜事，各位外交官先生，請你們別見怪，我一定建議警務總監，對失職人員嚴加處罰，各位，請回去吧！」

梅將軍帶著隨員大踏步地出了會議室，在各國外交人員中，爆出了一陣恥笑聲來，紛紛離座而去。

高翔緊緊地握住雙拳，在會議桌上用力地敲著，他的臉漲得通紅，叫道：「是真的，這是真的！」

穆秀珍也大叫道：「你們為什麼不相信，如果我們騙人，那便是大王八！」

哄笑聲更響了，沒有人理會他們兩人的叫嚷，只是紛紛地離開了會議室。

不到十分鐘，會議室中，只剩下穆秀珍、高翔和方局長三個人了。

高翔頹然地坐了下來，雙手緊緊地抱住了頭，痛心地道：「想不到，真想不到蘭花因此犧牲了性命，他們卻冥頑不靈！」

穆秀珍一聽得高翔這樣說法，立即想起自己又應該哭了，要不然，豈不露出破綻？她用力在自己腿上擰了一下，一聲怪叫，又哭了起來，淚水直流！

「唉，」方局長嘆了一口氣：「我是相信你們的，可是有什麼用？我想蘭花如果在，她一定有辦法使眾人相信的。」

方局長講到這裡，神情也不禁大為黯然，他想起木蘭花曾經給他的幫助，心頭實在極其難過。

三個人在會議室中呆了片刻，才由高翔駕車送穆秀珍回去，一路上，高翔不斷地安慰穆秀珍，可是高翔不出聲還好，高翔一出聲，穆秀珍便哭上兩聲，弄得高翔不知怎麼才好。

到了家中，高翔還怕穆秀珍有什麼意外，要陪她，可是卻給穆秀珍趕了出去。穆秀珍在窗中看到高翔駛著車子遠去了，她才跳在床上，哈哈大笑了起來。在她笑得上氣不接下氣的時候，電話鈴響了。

穆秀珍拿起了電話，就聽到木蘭花的聲音，道：「傻女，笑什麼？」

「哈哈，蘭花姐，高翔以為你真的死了，那種如喪考妣的樣子，難道我不要大笑一場，笑個夠本麼？」

「別說傻話了，高翔要方局長召集的會議，結果怎麼樣？」

「人倒是到齊了，連梅將軍也來了，可是沒有一個人相信我們的話，梅將軍還說，要警務總監嚴辦方局長和高翔兩個人哩！」

「唉，這早就在我意料之中，當他和方局長通電話的時候，我就對他說，不會有人相信我們的話，人人都只會將我們當作狂人，如今果然給我不幸而言中了！」

「蘭花姐，你現在在什麼地方啊？」

「我不能告訴你。」

「你躲起來幹什麼？可是怕超人集團再來殺害你？」

「有一半是，讓所有人繼續以為我死了，而將你們當作狂人，你們不可以再有什麼行動，那麼超人集團就不致於多生枝節，來麻煩你們了。」

「可是，難道就讓這個混蛋集團繼續生存下去麼？」

「當然不，所以我說一半是為了躲避他們的殺害，另一半我要躲起來的原因，是我要去討救兵，去設法毀滅這個野心集團的根本重地！」

「蘭花姐，你準備向誰討救兵？我和你一齊去。」

「不，等我討到了救兵之後，我自然會來通知你的，如今，你千萬不可以亂動，你必需裝出傷心欲絕的樣子，在家中一無作為。」

「蘭花姐，我不——」

穆秀珍才講到這裡：「答」地一聲，木蘭花已收了線。

在ＸＸ港碼頭的公共電話亭中，一身漁婦裝束的木蘭花走了出來。她四處張望了一下，肯定了沒有人跟蹤她，她才向前走去，她聽到很多人在談論著那場爆炸，也看到很多記者在記錄著眾人交談的話，但是絕沒有人想到這一場爆炸是由水雷促成的。

木蘭花還看到一個記者在向一個警官詢問，是不是因為鍋爐爆炸，所以那艘水警輪才沉沒的。

木蘭花穿過幾條街，在巴士總站上候車，四十分鐘後，她就到了市區，她仍然不斷地注意著是不是有人跟蹤，直到中午時分，她才到了一座大廈的門前。

她坐電梯到十樓，十樓全層都是某國領事館所佔用的。

她一出電梯，由於她的裝束，使得人家都以十分詫異的眼光望著她。

她來的那個領事館，是代表著某一個阿拉伯國家的，當她用這個阿拉伯國家的語言表示要見總領事的時候，望著她的人更覺得詫異了，但是兩個職員還是有禮貌地將她帶進了總領事會客室。

沒有多久，一個四十歲不到的中年阿拉伯人走進了會客室，木蘭花望著他，那人「啊」地一聲，向前急走了兩步，道：「小姐，我們在巴城見過，當時我是外交部的一個低級職員，只是為總理府開盛宴，負責招待貴賓之責的！」

木蘭花有禮地道：「是麼，如今你已是一名高級外交官了！」

「噢，」這位領事自謙地道：「這全是薩都拉總理看得起我，小姐，當我接受薩都拉總理這項任命的時候，總理特地向我提起你來，要我到任之後來探望你，可是我去了幾次，不巧得很，你都不在家。」

「哦，原來他還記得我。」木蘭花微笑起來，薩都拉在她的協助下，消滅了叛國的卡基總理，而領導著國家，如今薩都拉的國家，在世界上正享著越來越高的聲譽。

「當然他記得你，他時時以公務纏身，不能來探你為憾事！」

「那麼，我如今想通過你，和他通一個長途電話，這當然是不成問題的了？」

「這——」領事略為猶豫了一下，然後爽快地答應道：「當然可以。」

「還有，在通話的時候，我要借用你的私人辦公室，而且，我不想有任何人旁聽。」

「可以，可以，電話一接通，我就退出去。」

領事將木蘭花請進了他的華麗的私人辦公室，拿起了電話，要電話局接通到巴城的長途電話。

十分鐘之後，木蘭花聽到領事用十分恭敬的聲音道：「是總理麼？我是巴布拉領事，是的，我們的朋友木蘭花小姐要和你通話，她似乎有十分緊急的事，好，我立刻請她來聽。」

領事將電話交到木蘭花的手中，恭敬地向後退了出去，將門關上。

木蘭花接過了電話，她立即聽到了薩都拉堅定雄壯的聲音，道：「蘭花小姐，阿敏娜每天都要我將救她的蘭花阿姨帶到家中來，唉，可是我怎麼能夠？」

木蘭花呆了半晌，薩都拉的話中充滿了如此濃厚的感情，以致他的身分似乎是一個詩人，而不是一個堂堂的總理。

她略呆了一呆，才道：「總理先生，我有一件事情請你幫忙。」

「只管說好了，你曾經幫過我們國家的大忙，我們阿拉伯人絕不是忘恩負義的民族。」

「事情聽來很荒謬，我必需等和你見面之後才詳述，我知道你們近來海軍方面有很大的發展，我要一艘旗艦和它的護航艦，還要兩艘潛艇，要配備強烈的深水炸彈和最優秀的海軍人員及軍官。還要準備一具聲波深海探測儀，以及海軍的附屬飛機。」

木蘭花一口氣講到這裡，才停了一停。

「真神阿拉！」薩都拉在電話中叫了起來：「你是想發動一次世界大戰，還是去偷襲珍珠港？」

「你可能答應麼？」木蘭花簡單地反問。

「當然可以，如果你認為我是一個軍人，而和我共事又有著愉快的回憶，那我還可以親自來指揮這一個小艦隊的。」

「不，」木蘭花大聲地否定：「這件事極之危險，其危險的程度絕不是你所能想像的，你先通知領事人員，將我當外交人員，秘密地送去巴城，然後我們再設法使艦隊以友好訪問的名義東來，那樣消息就不會洩露出去了。」

「好的，等你來到了巴城之後再說，請你再叫巴布拉領事聽電話。」

木蘭花放下了電話，打開房門，將領事召了進來，她只聽得領事不斷地點頭稱「是」，過了兩分鐘，領事擱下了電話，轉過頭來問她：「蘭花小姐，你願意什麼時候動身呢？」

「最好是今天。」

「可以的，你的服裝……」領事猶豫了一下：「要不要換一換呢？」

木蘭花低頭向自己的身上看了一看，她自己也不禁笑了出來，她穿的是一身漁婦的藍布衣服，那是她游上海面時，向一個艇家婦女借來的。

「當然要換，我還要買些東西，我開一張單子，請你派人去買，可以麼？」

「可以，可以。」領事沒口地答應著，可是當木蘭花將她所需要的東西列出之後，領事卻看得瞪目結舌，他呆了半晌，才道：「小姐，你所要的一切，全是男士們所用的東西啊！」

「不錯，我將化裝為一個阿拉伯青年。」木蘭花微笑著點著頭。

四小時之後，一個膚色黝黑，戴著黑眼鏡，看來像是中東地方的年輕人，用外交護照通過了檢查，登上了一班直達巴城的飛機。

這個使得許多女旅客對他注目的英俊年輕人就是木蘭花，她坐在座位上，假裝用心地看著報紙，但是她的心中卻十分亂。

她已經請到了「救兵」，可是一艘兵艦和潛艇以及深水炸彈，是不是能炸毀「超人集團」的發電設備呢？

不錯，她的目的，是去炸毀「超人集團」的海底發電廠，因為她知道那是「超人集團」的命脈，只要這個「發電廠」一被毀去，「超人集團」的空中浮臺，空中火箭場，一切科學研究將都癱瘓，無法展開，等到「超人集團」重建發電設備時，那可能要很多年，而且可能這個集團就此一蹶不振！

但是，木蘭花知道，她既然想到了海底發電廠的重要性，「超人集團」自然也會知道的，在海底發電廠的上面，一定有著極其嚴密的預防。說不定他們帶去的兵艦一駛近，便被「超人集團」的新式武器所消滅了！

而且，她還不能十分準確地說出那個海底發電廠究竟是在什麼地方，她只是根據當時的歷程，以及在海中所看到的海洋生物，斷定那是太平洋柯克群島一帶的海域。

當然，在兵艦到達附近海域之後，長距離的深海聲波探測儀會告訴她什麼地方的海底有著龐大的金屬建築物，但當他們在進行探測的時候，「超人集團」也有足夠的時間防禦了。

當然，最好有很多兵艦同時進行搜索，但木蘭花只是一個平民，她只能使薩都拉相信她的話，而薩都拉的國家也不是一個海軍強大的國家，這可以說已是她所能調集的最強武力了！

在旅程中，木蘭花一直在想著對付「超人集團」的辦法，可是等到巴城的燈光在下面呈現時，她還是一片紊亂。

近三十小時的航行，使得她十分疲倦，是以當她下機的時候，步伐十分緩慢。

她才一下飛機，便看到了薩都拉，薩都拉正在仰首觀望，可是木蘭花在他身邊站定時，他卻仍不知道那就是木蘭花。

木蘭花除下黑眼鏡，笑著道：「咦，你可是不認識我了麼？」

薩都拉陡地轉過了頭來，臉上出現了興奮無比的神情，或許是木蘭花的男裝給他的勇氣吧，他突然雙臂一張，緊緊地抱住了木蘭花！

薩都拉強有力的擁抱，足以使得任何女性臉紅心跳，木蘭花也不例外，她連忙用力一掙，道：「你做什麼，別這樣。」

薩都拉鬆開了手，他忽然嘆了一口氣。

木蘭花也低下了頭，有好一會，兩人都不說話。

還是木蘭花先開口，道：「我要的一切，都已經準備好了麼？」

薩都拉點了點頭。「在準備中，小姐，這幾乎是我國全部的海軍力量了，而那具深海探測儀，我們還是向鄰國借來的。」

「好，我們最好儘快行動，你訪問遠東的計畫怎麼樣？艦隻最好經過太平洋一系列的島嶼。」木蘭花和薩都拉一面步出機場，一面說著。

「我們可以到紐西蘭去作友好訪問。」

「那最好了。」

「今天晚上，你不能和我談公事，有一個人要請你吃一餐純私人性質的晚餐。」薩都拉道。

「誰？」木蘭花不禁有些奇怪。

「她！」薩都拉伸手向前一指。

一個長頭髮，圓臉大眼的女孩子，跳跳蹦蹦地走了過來，到了薩都拉和木蘭花的面前，用懷疑的眼光望著木蘭花，木蘭花叫了出來：「阿敏娜！」

她抱起了阿敏娜，阿敏娜用力地勾住了木蘭花的脖子，薩都拉在一旁，忽然感到自己的眼睛有些濕潤，他是個鋼鐵一樣的漢子，怎麼可以流眼淚呢？他連忙不好意思地轉過頭去，揉了揉眼睛。

「蘭花阿姨，你為什麼要這樣打扮？」阿敏娜天真地問。

「有壞人想害阿姨，所以阿姨才這樣打扮的。」木蘭花也一本正經地回答著。

「不好，你這樣打扮不好，你這打扮，怎麼會像爸爸所說的那樣好看，那樣動人呢？爸爸也不會說你可以成為我的——」

阿敏娜才講到這裡，薩都拉便已大聲喝道：「阿敏娜，住口！」

阿敏娜陡地住口，木蘭花轉過頭去一望，只見這個堅強如鋼鐵，肩負著一國重任的男子，竟如做了壞事被捉住的孩童一樣，現出了十分忸怩的神態。

在剎那之間，木蘭花完全明白阿敏娜未曾講完的是什麼話了，她不禁臉紅了起來，立時轉過頭去，同時心頭怦怦亂跳。

一個少女能夠被人愛，不論她是否愛那人，她心中總會有一種甜蜜的感覺的，木蘭花這時的情形，就是那樣子。

「蘭花阿姨，你快跟我回家去，我來替你打扮。」阿敏娜附著木蘭花的耳朵說。

木蘭花本來已決定拒絕這餐晚飯了，但是她又不願損傷阿敏娜的小心靈，所以她便點頭答應了下來。

8 人類弱點

晚餐的氣氛很好，薩都拉不時豪爽地大笑，在晚餐之後，木蘭花便將有關「超人集團」的一切，向薩都拉說了一遍。

薩都拉聽了之後，不禁呆了半晌，才道：「照你這樣說來，以我們的海軍力量去進行這件事，就像是安道爾要去進攻全盛時期的德國一樣了。」

「可以這麼說，」木蘭花來回踱著步：「所以我說這是一件極其危險的事，但是也是一件對全人類有益的事！」

薩都拉深深地吸了一口氣，道：「好，我們仍然照原來的計畫進行。」

兩人不約而同地伸出手來，緊緊地握著。

奇怪的是，木蘭花竟不敢和薩都拉炯炯的目光相對，同時，她的心也跳得厲害！她自己也不知道那是什麼原因，她曾和薩都拉同患難，共生死，但是從來也未曾有過這樣的感覺，如今，她感到薩都拉的雙眼之中充滿了男性的光輝——這便是令得她心頭劇跳的原因。

他們之間的沉默維持了好久，薩都拉才嘆了一口氣，道：「蘭花——」

木蘭花像是知道他要講什麼一樣，連忙拿話岔了開去，道：「我想休息了，艦隊什麼時候可以準備好，請你通知我。」

薩都拉又輕輕地嘆了一口氣，道：「好的，到時候我會來通知你的。」

木蘭花跟著薩都拉的腳步，跟他進入特別為她準備的臥室，卻深恐他再對她說什麼，急急推門走了進去。

當他將房門關上之後，她心中卻又有點後悔，因為她也有著想聽一聽這個鋼鐵一樣堅強的男子內心的傾訴的願望。

她的心中十分矛盾，因為這是她意料之外的事情，她的心情十分紊亂，背靠著房門，沉思了片刻，直等到聽到薩都拉沉重的腳步聲移了開去，她才倒在床上。經過許久，她才睡了過去。

她是被一陣急驟的敲門聲所驚醒的，木蘭花連忙跳起身，打開門，門口站著的是一個穿著海軍制服的年輕軍官，一見到木蘭花，便行了一個軍禮，道：「一切都準備好了，總理已在艦上等候你。」

木蘭花用手攏了攏頭髮，道：「好，我立即就跟你去，你是——」

「我是這次行動的執行軍官，法道爾海軍少校。」那軍官「啪」地立正。

「小姐，你對我們國家的幫助，總理是時時提及的。」

「噢，這未免太過分了！」木蘭花歉疚地笑了笑：「我其實什麼也沒有做！」

她跟在那軍官後面，登上了一輛軍用吉普車，兩小時之後，她的長髮被海風吹得十分繚亂，她已站在一艘大兵艦的甲板之上，看著從艦首奔騰而起的浪花了。

在大兵艦的上空，有九架噴射機排成一列，轟轟地掠了過去。在大兵艦的前後左右，有四艘較小的兵艦，那是護航艦。

薩都拉就站在木蘭花的身側，他低聲道：「我們的深水炸彈是最強烈的，這艘兵艦還有飛彈發射設備，我們一共有四枚飛彈，必要時，只要你下命令，就可以隨時發射。」

「好，那已比我預料中的情形好得多了。」

木蘭花竭力地想裝出一個快樂的微笑來，但是她卻不能。四枚飛彈在一個阿拉伯小國來說，的確已經是十分難得的了，但是超人集團的幾十個火箭場中，有著多少性能超異的火箭呢？木蘭花望著藍色的海水，心中只有苦笑。

海上的生活並不十分枯燥，木蘭花和艦上的官兵相處得十分好，所有官兵對她的尊敬，使得她有時故意避免和人見面。

她可以看到當天的報紙，世界各地的大報都刊載著阿拉伯某國總理突然訪問紐西蘭的消息，「政論家」發出各項揣測，有的說此行是紐西蘭與大英聯邦商談石油供應問題，有的則說和英國在中東的保護地阿丁的叛變有關。

木蘭花每當看完了報紙之後，總是忍不住要苦笑！此行的真正目的，即使在參與的行動的人中，也只有她和薩都拉知曉。而如果他們全軍覆沒了，那除非高翔和穆秀珍兩人夠聰明，否則是永遠不會有人知曉了。

艦隊漸漸接近木蘭花所料定的目標地區，木蘭花也開始緊張起來。薩都拉下令所有官員日夜戒備，隨時提防敵人的攻擊，木蘭花則守在那具深海探測儀的旁邊。

探測儀發出聲波，聲波碰到了海底的物事，又倒射回來，不同的物體有不同的反應波率，使木蘭花可以在儀器上一覽無遺地看到海底下是大批珊瑚礁，還是一大群海藻，或是一群鯊魚在游弋。

艦隊前進的速度很慢，一連三天，他們都在柯克群島的附近行駛著，護航的機群也不斷地注視著海面，和艦上連絡著。可是三天下來，卻什麼發現也沒有，木蘭花幾乎要懷疑自己是認錯地方了。

第三天晚上，在艦長室中，法道爾少校，薩都拉，木蘭花，以及各護航艦的指揮官在開會商討。

除了木蘭花和薩都拉兩人之外，其餘人只知道此行的目的，是在摧毀一座龐大的金屬目標，至於所摧毀的目標是屬於什麼人的，他們卻不知道。

木蘭花在檢閱了各種報告之後，抬起頭來，道：「我認為要出動潛水部隊了，可以作深水潛入的蛙人一共有多少？」

「二十三名。」法道爾少校立即回答。

「加上我是二十四名。」木蘭花說：「我們分成四批，趁小艇向四周分散開去，然後再潛入水中去進行探索，我堅信一定在這裡海域附近！」

「是！」法道爾少校站了起來，立時走出門口，傳令官在門口等著，少校下著簡單而有力的命令，傳令官跑步走了開去。

「十分鐘之內一切可以就緒。」少校回過頭來報告。

「我也要一套潛水設備。」木蘭花向門口走去：「我們分成四個小組，我只能領導其中的一個小組，你們在艦上，仍然要用心戒備。」

薩都拉和幾個軍官都嚴肅地點了點頭，木蘭花走到了甲板上，蛙人部隊已排成了一列，木蘭花將任務和他們簡略地說了一遍，她自己也穿上了潛水衣，登上了早已放下水中的小艇。

這一天，海水不十分平靜，大海看來十分混濁，慣於海上生活的人，一看海水的顏色，便可以知道海水下面，正有著季節性的暗流。而這種暗流，是最有經驗的潛水夫也視為畏途的。

然而木蘭花和那二十三個阿拉伯軍人的臉上神情，卻是十分之堅定。

四艘小艇像箭一樣地刺破海面，向前飛射而出，十分鐘之後，木蘭花轉過頭來，在暮色蒼茫之中，她已看不到艦隊和其他三艘小艇了。

木蘭花站在小艇艇首，小艇上也有著小型的探射設備，只不過所及的深度，只有一百二十呎而已，木蘭花吩咐一個蛙人注意著探測設備，她自己則只是在沉思著對策。

突然之間，探測儀發出了清脆的「的的」聲，附在探測儀上的一盞小紅燈不斷地閃著，光而且閃動的次數越來越多，那是有什麼物體在海中迅速接近小艇的一種表示。

木蘭花呆了一呆，她調動了一個儀表，看到距離指示器處，八十呎的記號處閃著光，可是閃光在一秒之內便移到了七十呎處，接著，便到了六十呎……五十呎處。

木蘭花不能再猶豫了，她陡地站了起來，叫道：「躍下水去！」五個蛙人以最快的速度，向水中躍了下去，木蘭花是最後躍到海水中的。

她一到了海水中，便覺出一股極大的震盪力量，自她的身後疾湧過來，將她的身子挺了起來，離開了海水。

而當她的身子離開海水之後，她聽到了一下沉悶的爆炸聲，接著，她又跌進了海水之中，木蘭花在海中打開了燈，燈光照射的地方，出現了許多往下沉的金屬碎片。

那艘小艇已被炸毀了！

木蘭花不但不感到懊喪，反倒覺得興奮！

那艘小艇被炸毀，炸毀小艇的當然是「超人集團」，由此可以知道自己的料斷並沒有錯，超人集團的總部，正是在這裡一帶的海底！

她不斷地按動著手中的深海燈，發出一閃一閃的光亮，不一會，她便看到四面八方都有同樣的光亮發出，五個蛙人由於及時躍到了海中，並且游了開去，所以並沒有人受傷。

他們六個人很快地便聚集在一齊，木蘭花向上指了一指，六個人一齊向上升去，等到他們浮上海面的時候，只見一圈閃耀著綠光的東西，正在夜霧之中迅速地向他們接近。

那種綠光，木蘭花是看到過的，那是她和穆秀珍兩人第一次和超人集團接觸後，流落在海面的時候見到的，這已是第二次了。

在他們相顧愕然間，那一團綠光已經移近，並且將他們圍住，這時，他們六個人也已看清，圍攏來的原來也是蛙人！

只不過圍過來的蛙人為數十分多，至少有三十多人，那種綠光發自他們頭上的帽子，而他們的背上又都負著水中推進器，那是他們在水中能夠如此迅速移動的原因。

那三十幾個人將他們圍住之後，其中的一個大聲道：「木蘭花小姐，我們等候你許久了。」

木蘭花猛地向海下面游去，其餘的五個蛙人，也跟著她一起下沉。

就在他們一向下沉去的時候，在海水之中激起了幾道極其急驟的水花，那是水中發射的武器，木蘭花在水中翻著筋斗，使自己下沉的勢子加速，但是她的右腿卻突然傳來一陣灼痛，她回頭看去，看到一股血水自她的腿際上升。

而她更看到了令她目瞪口呆、驚心動魄的景象。

那五個蛙人並沒有能像木蘭花那樣地迅速下沉，是以他們每一個人的身上，至少有四五股血水冒出來，他們的身子也在搖搖擺擺地向下沉去。

木蘭花閉上眼睛，她緊緊地咬著牙，她知道這五個優秀的阿拉伯軍人已遭到不幸了。

當木蘭花閉上眼睛，不忍觀看眼前慘象的時候，她還未曾想到自己應該用什麼方法去應付眼前的難關，但是當發現自己的身子因為腿際的陣陣疼痛，不能游動而在向下沉去之際，她有了主意，她決定裝成中彈斃命，暫時先避過那些人再說。

她讓自己的身子一直向下沉著，一直到了海底，她才用潛水衣上的帶子，鉤住一塊礁石，完全放鬆肌肉，任由身子在海水中浮蕩。

她首先看到那五個蛙人的身子也沉到了海底，落在離她不遠的地方，接著，便有七八個人持著水底發射的武器潛下水來。

他們帽上的綠光一到了水中，就變得十分強烈，木蘭花睜大著眼睛，但是卻不眨動地望著這七八個人。

這七八個人的行動十分迅速，他們在每一個死者（包括木蘭花在內）的身旁掠過，又升了上去。

這正是木蘭花意料之中的事情，剛才他們一陣發射，自然以為所有的人都被射中了，而難以想到木蘭花只是腿際受了傷，而未曾死去。

等到他們浮上海面，漸漸遠去之際，木蘭花將他們離去的方向記在心頭，然後，她解開潛水衣，撕下布條來，先將腿上的傷口緊緊地紮了起來，然後，她游到那五個犧牲的蛙人身旁，在每一個人的身邊停留片刻，以示哀悼之意。

她解下那五個蛙人背上的氧氣筒，這可以增加她潛在海水中的時間，她要一直潛在海中，像一條魚一樣，直到找到對方蛙人出沒的基地為止。

這行動需要驚人的體力，更需要驚人的機智和意志力，木蘭花的右腿已經受了傷，雖然經過包紮，但是疼痛仍像利鋸鋸著她的神經一樣。

木蘭花卻無法考慮到這些，她拖著那五副氧氣筒向前游著，用完了一副氧氣筒中的氧氣，又換上一副。

她不知道自己游了多久。直到她換上最後一副氧氣筒時，海水已經變得十分明亮了：那就是說，她在海水中游了整整地一夜！

木蘭花受傷的右腿早已麻木，像是已不在她的身上一樣，而她的雙臂，也像是隨時可以離體而去，她向前游動的動作變成了機械化，她緊緊地咬著下唇，忍受著非常人所能忍受的痛苦。

當陽光射進海水中時，木蘭花陡地停了下來。

她停了一停，然後游到一塊大礁石後面，拉下一大蓬海藻遮在身上，向前看去。

她看到了令人難以相信的景象。

前面一大片地方，海底下平坦得像體育場一樣，在那塊平地的正中，一個龐大無比的半圓形金屬蓋，在閃耀著金屬的光輝。

那金屬蓋之上，有許多珠狀的物事通向海面，而在空地上，則停著幾十個如同木蘭花曾見過的飛行平臺。

和木蘭花上次看到所不同的是，這些飛行平臺的頂端，都有極高的凸起，像是裡面豎有一根電燈柱一樣。

木蘭花立即想到了火箭！那便是「超人集團」的火箭發射場！

當然，這幾個火箭發射場不是固定停在海底的，利用無線傳電的方法，它們可以離開海水，升上天空，飛向地球的每一個角落！

木蘭花檢查一下氧氣的儲藏，氧氣還可以維持一個小時左右。

她看定了幾處水藻豐密的地方，迅速地向前游去，每到水藻豐密的地方便停上一停，半小時之後，她已更接近那半圓形的大金屬蓋了。

她看到幾艘小潛艇從那個金屬蓋中射出，向上升去，轉瞬之間便自不見，她竭力地轉著念，可是卻想不出有什麼辦法來對付這座龐大的建築物。

她只是估到，深海探測儀之所以探測不到這個龐大的金屬建築物，那一定是「超人集團」在這個金屬蓋上面有了改變聲波折射率的設施，所以就算探測儀的聲波射到了上面，也是當下面是一大堆岩石，或是一大團水藻而已。

艦隊還在這裡附近的海面巡弋，「超人集團」不敢公然將艦隊毀滅，當然是因為怕這樣一來，便舉世矚目的緣故，所以他們便只是毀去了派出來的小艇——其餘的三艘小艇一定也凶多吉少了。

當然，他們以為自己已死在海底了，他們會料定艦隊將沮喪地回去，他們以為什麼事情也沒有，仍可以繼續他們的美夢，如果自己能夠設法回到艦隊上，而又在這裡做下記號的話……木蘭花想到了這裡，心中陡地興奮起來。

本來是絕無希望的事情，如今變得有希望了，只要她能夠在這裡做上記號，能夠回到艦上去的話。

然而，怎樣做記號呢？在海面上看來，是絕不能看出這裡和別的海面有什麼不同之處的，而她的身邊又沒有測定方位的儀器。除非她能在這裡附近的海面上浮上一個標誌！

木蘭花迅速地轉著念，她想到了利用海藻，但是用什麼來繫住海藻呢？她想到了別的辦法，最後，她的目光停在由龐大的金屬頂伸出去的天線上面。天線的頂端，距離海面不會太遠，如果能將明顯的記號掛到天線的上面，使得海面上容易發現的話，那就可以成功了。

木蘭花一想到了這一點，立即向前游去，她一面游，一面採集著一種鮮紅色的海藻，等她游到了金屬蓋的下面，沿著半圓形的穹頂向上升去之際，心頭跳得十分劇烈。

這時候，她的身上雖然滿是海藻，但是一大團海藻在上升，總是會使人感到奇怪的，如果被人發現了，那就前功盡棄了。

木蘭花一直到了金屬蓋的頭部，她伏了片刻，海底下仍然十分沉靜，只有一艘一艘的小潛艇不斷地射了出來，但是並未注意到木蘭花。

木蘭花將採集到的一大團紅色海藻，繞著一根天線，纏成了一個圈，然後鬆開了手，她看到那海藻環向上慢慢地浮去，在升到天線的頂端之後便浮著不動，一切正和她理想中的一樣。

木蘭花迅速地潛了下來，滑到了金屬蓋的底部，仍沒有人發現她，她迅速地游了開去，游開了數十碼，才看到一個海底的峽谷，等到她穿出了這個峽谷之後，她覺得自己已經安全了，這才向上浮去。

可是，她浮上了海面，海面因為陽光的照射而發出眩目的光芒，她放眼看去，什麼也看不到，只有發光的海水！

木蘭花苦笑著，當她帶著蛙人乘坐小艇出發的時候，並沒有想到小艇會受到襲擊，所以她並沒有帶著任何通訊的設備。

木蘭花知道，薩都拉因為她的徹夜未還，也一定在開始搜尋了。然而在遼闊的太平洋上，發現她的機會是多少？

木蘭花儘量使自己的身子顯露在海面之上，她在海水中浸了一整夜，這時，陽光曬著她的頭腦，使她感到陽光的照射如同千萬根尖刺一樣，她頭痛欲裂，只感到一陣陣的昏眩。

她緊緊地咬著牙，忍受著這一切痛苦，她不能昏過去，一昏過去，就連萬一的生存機會也沒有了。她不時將頭浸到海水之中，使自己保持清醒。

然而每一次頭浸進海水中，便使她乾枯的口唇碰到又鹹又苦的海水，這是一個最勇敢的人一想起都會發抖的事情，木蘭花以她超人的勇敢承受了下來。

一直到了中午，太陽正中時，木蘭花已陷入了半昏迷狀態之中，她只覺得身子在向下沉去，她大口地吸了幾口氧氣——那是僅餘的氧氣——之後，就拋棄了氧氣筒，拋棄了潛水設備。

她覺得身上輕了一輕，精神也為之一振。

她的手中還握著銅帽子，銅帽的反光作用可以用作求救的信號，她又等了半個小時，聽到了空中有呼嘯的飛機聲掠過，木蘭花抬頭看去，她認出那飛機是艦隊的護航機，可是她卻沒有出聲，她只是疲倦地搖動著手中的銅製潛水帽。

她看到飛機偏斜著機翼，在她的頭上又打了幾個圈子，才飛了開去，木蘭花的心中生出了希望，是不是飛機已經發現了她呢？

木蘭花沒有別的法兒可想，她只好等著，陽光越來越是刺目，令得她昏眩之感越來越甚，而致命的口渴令得她如同置身在地獄之中一樣。

終於，木蘭花聽到了她期望中的聲音——直升機的軋軋聲，她用力睜開眼睛來，直升機已在向她接近，此時在她的眼中，直升機就和天使一樣。

不一會，直升機已到了她的頭頂，從直升機上有人吊了下來，那人是法道爾少校，到了她的身邊，木蘭花想開口講話，可是她乾枯喉嚨，竟一點聲音也發不出來。

「小姐，你很快會恢復原狀的。」法道爾少校安慰著木蘭花，將救生圈套到了木蘭花的身上，然後，和木蘭花一起吊上了直升機。

在喝了一口白蘭地，和飲完了一杯清涼的水之後，木蘭花才能出聲。

而這時候，薩都拉叫喚著木蘭花的聲音，已經持續三分鐘之久了。

木蘭花喘了一口氣，道：「你等著，等到我通知你一個地點之後，你便立即率艦隊到達那個地點，將所有的深水炸彈一起拋下去！」

薩都拉高聲道：「你怎麼樣，你沒有事麼？」

雖然他的聲音是通過無線電波傳過來的，但是木蘭花卻像是可以看到他臉上焦急的神情一樣。

木蘭花笑了一下，道：「我當然沒有事，如果有事的話，我還能夠和你講話麼？」她轉身，在副駕駛員手中接過了望遠鏡，觀察著海面，道：「儘量低飛，盤旋，向逆海流方向作緩緩地推進。」

直升機低飛，離海面只有二十碼，木蘭花一吋一吋海面搜尋著。

過了二十分鐘，她看到了那團海藻！

由於海水折光的關係，海底的一切完全看不到，連離海面極近的天線也看不到，但是她卻看到了那團紅色的海藻。

木蘭花舒了口氣，轉過頭來，副駕駛已然道：「西經一七四點六五，南緯二二點七三。」

木蘭花問法道爾少校道：「將這個地點通知艦隊，我們高飛，直升機的燃料可以支持多久？艦隻什麼時候可以趕到？」

「燃料可以支持兩小時。」駕駛員轉過頭來回答。

少校已和艦隊通了話，在四十分鐘之內，艦隊便可以趕到。

木蘭花在那一剎間，只感到出奇的疲倦，她已經可以預知自己會成功了。「超人集團」雖然有可以統治全人類的科學設施，但是他們仍未能免除人類最大的弱點——自大！

自大使他們疏於防範，自大使他們以為自己的根本重地絕不會給人發覺，自大也將護將他們送進墳墓——在四十分鐘之後。

直升機一直在升高著，木蘭花則閉目養神。

半小時候，艦隊已在視線之中出現了，又過了五分鐘，薩都拉的聲音傳了過來，請木蘭花先降落在艦隻的甲板上，但木蘭花回答道：「不！」

又過了三分鐘，由於艦隻的接近，那一團紅色的海藻，被艦隻引起的浪頭捲去。

三十秒之後，艦隻所攜帶的深水炸彈一齊拋下了海中。

海面上激起了一股又一股的水柱，一股比一股高，一股比一股粗，在水柱之中，夾雜著許多令人難以相信的東西，有金屬碎片，有人的身子，有整艘的圓形小船，有桌子、椅子，有許許多多難以叫得出名堂的器械。

連續不斷的爆炸，足足進行了一個小時才停息下來，海面上浮滿了油花，木蘭花所乘的直升機，也降落到了艦隻上。

突然之間，她感到致命的疲倦，她要兩個人扶著才能走出機艙，而迎了上來的薩都拉大叫道：「你還說沒有事，你受傷了！」

木蘭花只是閉著眼，一聲不出——她連出聲的氣力也沒有了！

艦隊比預定的日子遲了四天到達，但仍然受到紐西蘭政府的熱烈歡迎。

木蘭花一直在艦隻上養傷，她留意著一切報紙，只有幾家報紙登載著太平洋中曾發生猛烈爆炸的消息，美軍潛艇曾奉命前往檢查，「並無發現」云云。

木蘭花知道數百枚深水炸彈已將一切徹底毀去了。

當然，「超人集團」的大部分成員並不因總部被毀而死亡，但是蛇無頭不行，在很長的一段時間內，總不會對人類有威脅了。

木蘭花在艦隊回程時，改搭飛機回去，薩都拉對她依依不捨。

在飛機上，有些搭客在討論這些日子以來，世界各地都有神秘物體自空中墜毀的消息，木蘭花聽了之後，只是微笑。

人們不知道那些「神秘物體」是什麼，木蘭花是知道的，那自然是「超人集團」的空中浮臺，它們的侵略基地。由於發電所的被毀，空中浮臺儲藏的電力得不到補充，先後用盡，自然便成了「神秘物體」跌了下來。

木蘭花在飛機停飛補充燃料的時候，發了一個電報給穆秀珍，說明她什麼時候將到達。

飛機並沒有誤點，依時到達，出乎木蘭花意料之外的是，和穆秀珍一齊奔向前來迎接她的，還有高翔和方局長二人！

高翔的手中拿著一大疊報紙，他一句話也不說，只是將報紙交給了木蘭花。木蘭花接過來一看，所有的報紙都以顯著的位置刊載了她死亡的消息。

許多報紙還有圖片，令得木蘭花忍不住哈哈大笑的，則是幾張穆秀珍哭不像哭，笑不像笑的那種表情的相片！

木蘭花笑著，穆秀珍也無緣無故地笑了起來，她已有許多天沒有在人前大聲笑了，這對她來說，可以說是痛苦不過的事情！

請續看《木蘭花傳奇》4 煞星

倪匡奇情作品集

木蘭花傳奇3內鬼（含：地獄門、超人集團）

作　者：倪匡
發行人：陳曉林
出版所：風雲時代出版股份有限公司
地址：10576台北市民生東路五段178號7樓之3
電話：(02) 2756-0949
傳真：(02) 2765-3799
執行主編：朱墨菲
美術設計：許惠芳
業務總監：張瑋鳳
出版日期：2023年7月
版權授權：倪匡
ISBN ：978-626-7303-64-1
風雲書網：http://www.eastbooks.com.tw
官方部落格：http://eastbooks.pixnet.net/blog
Facebook：http://www.facebook.com/h7560949
E-mail：h7560949@ms15.hinet.net
劃撥帳號：12043291
戶名：風雲時代出版股份有限公司

風雲發行所：33373桃園市龜山區公西村2鄰復興街304巷96號
電話：(03) 318-1378　　傳真：(03) 318-1378
法律顧問：永然法律事務所 李永然律師
　　　　　北辰著作權事務所 蕭雄淋律師

行政院新聞局局版台業字第3595號 營利事業統一編號22759935

定價：299元　

國家圖書館出版品預行編目資料

內鬼／倪匡 著. -- 臺北市：風雲時代出版股份有限公司,
2023.05,- 面； 公分.（木蘭花傳奇；3）

ISBN : 978-626-7303-64-1（平裝）

857.7　　　　112003775